**Weil ich dich, das Leben
und die Welt liebe!**

Auch wenn das Leben für viele mehr und mehr zum Überlebenskampf wird und wenn wir auch Steine in den Weg gelegt bekommen und Anfeindungen ausgesetzt sind, dürfen wir dennoch nicht vergessen, welche Schönheit, Kraft und Energie das Leben bereithalten kann, wenn wir anfangen, solidarisch miteinander umzugehen, gegenseitiges Misstrauen abbauen und endlich mehr füreinander da sein werden.

PETER WALD

Weil ich dich, das Leben und die Welt liebe!

Vom Gefühlszombie zum Gutmenschen

*Lesens- und liebenswerte Gedanken
im Spiegel der Zeit*

Zur geschlechtergerechten Sprache: Aus Gründen der besseren Lesbarkeit wird auf die durchgehende Verwendung der Sprachformen männlich, weiblich und divers (m/w/d) verzichtet. Wenn in diesem Buch das generische Maskulinum verwendet wird, bezieht es sich auf alle Geschlechter, sofern der Zusammenhang nicht eindeutig ein bestimmtes Geschlecht meint.

Zur Leseransprache: Ich spreche die Leserinnen und Leser abwechselnd mit „Du" und „Sie" an. Bei sensibleren, persönlicheren Themen, welche ich mitfühlend zu beschreiben versuche, schien mir die Leseransprache mit „Du" leichter und für beide Seiten, so hoffe ich, angebrachter. Bei Themen, die streitbarer sind, wo man durchaus unterschiedlicher Meinung sein kann, welche sich zudem an Politiker und Entscheidungsträger richten (also an einen anderen Personenkreis), da fiel es mir leichter und passender, das „Sie" zu benutzen.

Bibliografische Information der Deutschen Nationalbibliothek.
Die Deutsche Nationalbibliothek verzeichnet diese Publikation
in der Deutschen Nationalbibliografie;
detaillierte bibliografische Daten sind im Internet
über http://dnb.dnb.de abrufbar.

© 2024 Peter Wald *www.peterwald.de*
Satz, Umschlagdesign, Herstellung und Verlag:
BoD – Books on Demand, Norderstedt

ISBN 978-3-7583-4065-9

Inhalt

Vorwort des Autors 9

Einleitung 13

Die Liebe findet dich 19

Was ist Liebe? 21

Die Seele – eine Energiequelle 31

Menschenleben versus Computermenschen 39

Des Menschen Wille 55

Gutmenschen 59

Rechtfertigung von Gewalt
durch Religion? 75

Was hat Liebe mit Terror zu tun? 83

Opferkonkurrenz 91

Globalen Frieden schaffen 95

Das Ende des Krieges in der Ukraine 113

Angst vor dem Tod 119

Sterben tun immer die anderen 121

Zeitenwende? 127

Mehr Philosophie als Psychologie 131

Prioritäten setzen! 135

Menschlich miteinander umgehen 139

Save yourself first! Rette dich zuerst! 147

Ein paranoider Albtraum 151

Wir wissen nicht,
wie viel Zeit uns bleibt 155

Was ist also das Geheimnis,
der eigentliche Sinn des Lebens? 157

Kernaussagen 159

Liebesgedichte 161

Danksagung 167

Vorwort des Autors

Eigentlich weiß ich nicht genau, wer ich bin. Woher auch? Manchmal denke ich, dass ich vielleicht jeden Morgen ein anderer bin. Wie man diese Frage beantwortet, hängt oft von der eigenen Verfassung ab, ob man gerade Geduld hat, ob man belastbar oder eher nervös ist. Mein Leben verläuft nicht immer gleichmäßig. Es ist in gewisser Weise abwechslungsreich. Um eine Person zu beurteilen, gibt es viele Möglichkeiten und jeder von uns macht sich sein eigenes Bild. Jeder Mensch ist doch für sich selbst ein kleines Universum.

Ein Mensch findet einen anderen Menschen wohl dann sympathisch, wenn er ihn versteht und dessen Meinung gut findet, wenn er ihm gegenüber keine Vorurteile hat, ihn vielleicht auch von der Erscheinung her attraktiv findet. Wenn er sich im besten Fall mit dem anderen identifizieren kann, ihn als Freundin oder Freund ansehen kann.

Sehr gerne wäre ich Ihr Autoren-Freund, werte Leserinnen und Leser. Ich weiß, dass ich schreiben muss, weil ich der Überzeugung bin, dass ich eine positive Nachricht habe. Eine Nachricht, die vielleicht in der heutigen Zeit zu wenig Gehör erhält. Ich möchte meinen Mitmenschen mitteilen, dass das Leben lebens- und liebenswert ist, auch in hoffnungslosen Situationen. Das Leben ist das Wichtigste und der Moment, in dem wir leben, ist an sich das Bedeutsamste. Sie denken vielleicht, dass dies nur ein naiver Optimist schreiben kann, der noch nichts Bemerkenswertes erlebt hat. Weit gefehlt! Ich kann ein Lied davon singen, wenn es darum geht, sich von „ganz unten" wieder hochzukämpfen. Jedoch ist das nichts, dessen ich mich rühmen würde. Im Leid sollte und darf es keinen Wettbewerb geben. Für den einen oder die andere liegt die Schmerzgrenze höher, für die eine oder den anderen niedriger. Auch wer schwach ist, ist stark. Denn Schwachsein zulassen zu können, erfordert enorme Kraft. Ein Mensch, der einmal richtig „unten" war und glaubte, dass er ein unbedeutendes Etwas sei, entwickelt im Idealfall Überlebensstrategien. Von diesen Überlebensstrategien, vom Lebenswerten, von der Liebe und von meiner Sichtweise auf die aktuellen Geschehnisse berichtet dieses Buch. Die dargestellten Ansichten und Einsichten lassen Rückschlüsse auf meine Persönlichkeit zu und alle Leser/innen sind herzlich eingeladen, sich ein eigenes Bild zu machen. Autor, Erzähltes und Ereignis reflektieren sich hier gegenseitig.

Dieses Buch ist für alle Menschen, welche das Schicksal zur Verzweiflung und Enttäuschung gebracht hat und die sich dennoch nicht enttäuschen lassen. Und es ist jenen gewidmet, welche mehr Mut gewinnen wollen und sich nicht durch Hass und Vorurteile in die Irre führen lassen möchten. Und schließlich wurde es für Menschen geschrieben, welche das Leben mit all seinen Facetten aus ihrer eigenen lebens- und liebenswerten Kraft heraus meistern und immer wieder aufstehen wollen, wie schwierig es auch erscheint.

Ich wünsche mir, dass meine Schreibqualität mit Ihrer Lesequalität in vieler Hinsicht übereinstimmen möge.

Ihr Peter Wald

Einleitung

Haben Sie gerade Zeit? Zeit, um über die Liebe und das Leben nachzudenken? „Was soll diese Frage?", entgegnen Sie mir vielleicht. „Wir haben kaum Zeit, um durchzuatmen!"
Der Terminkalender ist voll. Alles dreht sich um die Familie, den Beruf, den Gelderwerb. Besonders jetzt, da viele ums finanzielle Überleben kämpfen müssen. Zeit ist ein knappes Gut, das bemerke ich immer wieder. Neulich zum Beispiel wollte ich an einer Tankstelle bezahlen. Eine ältere Dame wuselte etwas länger vor mir herum und wechselte darauf einige Worte mit der Kassiererin. Dann drehte sie sich zu mir um.
„Oh, ich halte Sie auf?"
„Nein, keine Sorge", erwiderte ich, „ich habe Zeit."
„Zeit, das haben heute nur noch wenige Menschen", antwortete mir die Seniorin. „Dabei ist Zeit doch das Wertvollste, was wir haben", sagte ich. Und alle Beteiligten gingen schweigend ihres Weges.
Wir sollten uns viel öfter Zeit nehmen, um zu uns selbst zu kommen. Vielleicht bei einer kleinen Meditation, auch wenn es nur ein entspanntes Dahinsinnieren ist, die Gedanken schweifen lassen. Überlegen, was jetzt schön wäre, für uns und für andere: ein gemeinsames Glück, welches sich verdoppelt, wenn man es teilt; Zeit haben, um Kraft und Ruhe zu tanken. Wir können auch bei einem kleinen Bier oder Wein meditieren, es muss ja nicht gleich das große „Om!" im Schneidersitz sein. Danach sind wir

wieder konzentriert und bei uns selbst, hören auf die innere Stimme, fühlen, was sich gut anfühlt. Sich mit Freunden von Angesicht zu Angesicht austauschen.
Oft ist es aber so, dass wir das Wesentliche nicht mehr wahrnehmen, weil wir über die Medien einer ständigen Panikmache ausgesetzt sind. So sind wir leichter beeinflussbar. Aus Angst vergessen wir sogar, was für uns in unserem Leben wirklich wichtig ist. Wir versäumen es, unsere Widerstandsfähigkeit, unsere Resilienz, unsere Kraftreserven zu stärken und zu erhalten. Wir vergessen zu lieben und uns auf das Lebenswerte zu konzentrieren. Unbemerkt werden wir fast zu gefühllosen Computern. Wir verneigen uns, den Kopf gesenkt, vor unserem digitalen Diktator (Handy) und wissen gar nicht mehr, wie schön es sein kann, ein unvermitteltes Lächeln zu senden oder zu erhalten. Müssen wir uns nicht mehr anschauen, uns mit Ohrstöpseln komplett von der Realität abkapseln, so dass wir uns nur noch um uns selbst drehen? Quasi so, als könnten wir uns nicht mehr gemeinsam an einen Tisch setzen, als könnten wir nur noch miteinander streiten und nicht mehr zivilisiert zusammen diskutieren, um konstruktiv Lösungen zu finden? Das Leben ist zu kurz, um uns schon in der Jugend vom sozialen Miteinander zu verabschieden. Lasst uns leben und füreinander da sein! Dazu möchte dieses Buch auffordern.

In einigen Teilen geht es nachfolgend auch um den Tod und das Sterben. Das sind zwei Seiten einer Medaille, Leben und Sterben. Zwischen der Geburt und dem Tod sollte es so viel Liebe wie möglich geben. Die Liebe hält diese Medaille zusammen. Das „normale Sterben" gehört zu unserem Leben dazu. Mit normalem Sterben meine ich, dass sich Menschen aus unserem Blickfeld entfernen oder dass wir uns von bestimmten Gegenständen oder Vorlieben manchmal verabschieden müssen. Schließlich „sterben" wir durch negative Ereignisse Stück für Stück, schon bevor wir endgültig tot sind. Deshalb gilt es, unser tägliches Leben, kontinuierlich mit positivem Leben zu bereichern. Und mit dem positiven Bereichern meine ich nicht nur unser eigenes Leben.

Hiervon unterscheidet sich jedoch das „gewaltsame Sterben" durch Mord und Krieg. Um die Liebe wieder wertschätzen zu können, müssen wir manchmal das Leiden vor Augen haben, welches sich unweigerlich in unsere Seele brennt, wenn wir den Wert unseres Lebens vergessen. Das Leben und die Liebe sind nur im Frieden möglich. Ein friedliches und freundschaftliches Miteinander ist auch die Voraussetzung, um globale Probleme wie Klimawandel, Fluchtbewegungen, Krieg und Hunger zu beseitigen. Wenn wir im Kleinen für uns selbst begreifen, welchen Gestaltungsspielraum wir durch ein freundschaftliches Miteinander erhalten, und in Liebe füreinander da sind, *dann wird uns Lebensqualität geschenkt.*

Aktuell lese ich im Internet öfters die offensiv gestellte Frage: „Bist du schon vegan?" Im Unterschied dazu möchte ich im Folgenden eine Perspektive einnehmen, die sich in der Hauptsache auf das Menschliche, das Humane, konzentriert, also auf die Frage: „Bist du schon human?" Ich frage mich: Sind wir schon so weit, dass wir uns nicht mehr um unser Miteinander, um den sozialen Zusammenhalt, um Solidarität zwischen den Familien, Kulturen, Religionen und Generationen kümmern müssen? Denn dies wäre doch – nach meiner Ansicht – die Voraussetzung, um globale Probleme wie den Tierschutz, den Klimaschutz und nicht zuletzt den Frieden zwischen den Staaten sichern und bewahren zu können. Wie können wir denn die Tiere und die Natur schätzen, respektieren und achten, wenn wir nicht einmal fähig sind, die Schwachen unter uns (und uns selbst) zu schützen?

Grob gesagt: Fehlt uns nicht die grundlegende humane, zwischenmenschliche Einsicht, dass wir zuerst unsere eigenen Vorurteile und Vorbehalte ablegen sollten, bevor wir uns anmaßen, uns in andere Lebenswelten einzumischen? Wenn wir etwas zum Positiven verändern wollen, dann müssen wir doch bei uns selbst – also ich bei mir und Sie bei Ihnen – anfangen und mit gutem Beispiel vorangehen. Wir

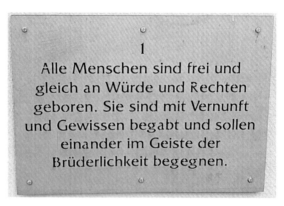

sollten nicht mit dem Finger auf andere zeigen. Wer sein Gegenüber wertschätzt, kann konstruktiv an einer Problemlösung arbeiten. Wer sein Gegenüber verstehen will

und ihm zuhört, kann gemeinsam Lösungen finden. Dies erreichen wir nur mit einer wertschätzenden Einstellung gegenüber unseren Mitmenschen, auch wenn ihre Ansichten von unserer Meinung abweichen und von uns nicht als „konform" angesehen werden.
Wir müssen auch die andersdenkenden Menschen mit ins Boot holen. Erst dann können wir eine friedliche Koexistenz sichern und globale Probleme lösen. Mit der zurzeit vorherrschenden Aggressivität, vor allem in der politischen Diskussion, wird niemand auch nur ein Stück „Land gewinnen" – im wörtlichen wie im übertragenen Sinne. Damit möchte ich verkürzt ausdrücken, dass man mit Krieg und Aggression buchstäblich keinen Landgewinn erzielen kann. Selbst wenn im Krieg „Land gewonnen" wäre, überwiegt doch das Leiden und der Tod.

Doch welche menschlichen Qualitäten und Eigenschaften können ein gutes Miteinander fördern? Um diese Frage geht es hier im Wesentlichen. Ich beschreibe beispielhaft, was unserer Seele und unserem lebendigen Miteinander guttun könnte. Meine Beispiele speisen sich aus eigener Erfahrung sowie aus den täglichen Nachrichten, manches schildere ich auch in Form von Poesie.
Die folgende Aussage (Foto) zieht sich wie ein roter Faden durch dieses Buch: Ich fand, Mitte Juli 2023, bei einem Besuch in der bayrischen Stadt Cham in der Oberpfalz, folgendes Schild im „Garten der Menschenrechte".
Lassen Sie sich auf eine Reise durch meine Sichtweise auf die Welt ein, die vielleicht etwas romantisch ist, aber keinesfalls realitätsfern.

Die Liebe findet dich

Die Liebe ist wie ein Platz, wie ein Zuhause, wo Du sicher bist, zur Ruhe kommst und Kraft sammeln kannst. Du musst eigentlich nicht viel tun, denn die echte, die richtige Liebe findet dich!
Behandle die Menschen so, wie du selbst gerne behandelt werden möchtest, tu dies mit einem ehrlichen Lächeln.
Dadurch verändern sich Dinge zum Positiven.
Und ich glaube, dass dies ein kleines Wunder beinhalten kann.

Was ist Liebe?

Zurück in die Vergangenheit. Leben retten, Hoffnung und Sicherheit geben. Mit diesen Idealen bin ich 1982 in den Polizeidienst eingetreten. Ich war vollgepackt mit Idealismus und voller Hoffnung auf Gerechtigkeit. Im Jahr 1986 wechselte ich das Berufsfeld und verließ die Bayerische Bereitschaftspolizei (mit dem Dienstgrad POW). Aber meine Absicht, *für den Frieden zu kämpfen* – so widersprüchlich diese Aussage klingen mag –, hat sich bis heute nicht geändert.

Ich will mit diesem Buch **Lebenskraft geben**, Mut machen und eine Art Lobgesang auf das Leben anstimmen, auch wenn das vor dem Hintergrund der aktuellen Ereignisse schwerfallen mag.

Das Leben in seiner ursprünglichen Form ist Liebe und muss unmittelbar mit Liebe verbunden bleiben!
Das Leben selbst zeigt uns, wie sinnvoll und kraftvoll es ist. Wir müssen unserem Leben keinen Sinn geben, denn das Leben selbst ist der Sinn.

Das Leben bestimmt von Geburt an, welche verschiedenen Sinnaufgaben es für uns bereithält. Wir müssen „nur" damit arbeiten und versuchen, das Beste aus dieser Herausforderung zu machen.

Mein Buch ist ein **Hoffnungsbuch**, das Lebenskraft vermitteln möchte. Gerade vor dem Hintergrund des aktuellen Zeitgeschehens.

Das Leben ist dazu da, gelebt zu werden. Denn nur durch das Leben ist es möglich, dass alles, was wir sehen, besitzen und wahrnehmen, einen Wert erhält. Das Leben ist allein deshalb schon elementar und lebenswert, weil es substanziell ist. Es ist alles, was wir letztlich haben und wodurch wir spüren und erleben und etwas besitzen können. Es ist alles, was wir sind und darstellen. Und nur innerhalb des Lebens können wir genießen und etwas von unserem Besitz haben.

Das mag banal klingen, aber ich beobachte hin und wieder Menschen, welche nicht in der Gegenwart leben, sondern immer auf einen besseren Tag hoffen. Sie leben, als erwarteten sie eine bessere Zeit, eine bessere Chance in der Zukunft, und hofften auf das Paradies nach dem Tod. Es gibt keine bessere Zukunft als das Leben im Hier und Jetzt! Lass dir kein Paradies nach dem Tod versprechen, lebe das Leben jetzt. Dass das eigene Leben genau so viel wert ist wie das jedes anderen, muss uns klar werden, denn:

Wir leben in der Verantwortung füreinander. Je globaler unser Leben wird, umso mehr sind wir füreinander verantwortlich. Jeder Mensch hat seine Aufgabe, jeder Mensch hat seinen Sinn und seine Existenzberechtigung auf diesem Planeten. Warum müssen wir uns durch Neid, Eifersucht und Konkurrenz gegenseitig das Leben schwermachen?

1989 kam es zum Ende des „Kalten Krieges" teils deshalb, weil die Regierenden erkannten, dass man durch ein konstruktives Miteinander besser in die Zukunft blicken kann. Sie begriffen, dass man im friedlichen Zusammenarbeiten besser gemeinsame Lösungen für politische und gesellschaftliche Konflikte findet. Das Miteinander gab und gibt nicht nur Hoffnung, sondern es macht zudem ökonomisch Sinn. Ein Hinweis für jene, welche mein Buch als das Werk eines Naiven betrachten mögen: Frieden und menschliches Füreinander-da-Sein spart nicht nur Milliarden, in welcher Währung auch immer. Es sichert zudem das Leben. Frieden und Liebe bedingen sich gegenseitig. Ohne Frieden ist keine Liebe möglich und ohne Liebe (bzw. ein Mindestmaß davon, etwa dass man sich zuhört und aufeinander zugeht) wird es auch mit dem Frieden schwirig.

Liebe jedoch, in ihrer stärksten Form, äußert sich in der Bereitschaft, das eigene Leben für das Leben eines anderen zu opfern. Dazu fallen mir Menschen ein, die unter Lebensgefahr für die Rechte ihrer Mitmenschen demonstrieren. Aber auch Polizisten, welche ihr Leben im Dienst einsetzen. Menschen, die sich einer gefährlichen Operation unterziehen, um ein Organ zu spenden. Ehefrauen, die sich, obwohl sie selbst schon achtzig sind und kaum mehr können, um die Pflege ihres schwerkranken Gatten kümmern.
Liebe besteht aus einem tiefen Gefühl der Zuneigung. Darüber hinaus hat sie immer auch eine moralische Komponente und einen ausgeprägten Gerechtigkeitssinn. Wer beispielsweise als Investigativjournalist oder als Whistleblower tätig ist, muss sich bewusst sein, dass er sein Leben

einem höheren Ziel unterordnet. Er riskiert unter Umständen sein Leben, weil er Ungerechtigkeit hasst, weil er der festen und freien Überzeugung ist, dass das Ziel seiner Arbeit viele Menschen schützt, sie vor Missbrauch bewahrt oder ihnen in bestimmter Weise zu Gerechtigkeit verhilft.

Liebe zur Gerechtigkeit, Liebe zu den Mitmenschen, das sind sicher moralische Motive. Wer aus diesen Gründen handelt, diesen Menschen kann man nur physisch töten, seelisch aber nicht, weil er seinen Frieden damit gemacht hat und seine Handlungen für sich selbst und für andere als gerecht bestehen bleiben werden.
Wer aber lediglich aus Gründen des Geldes, der Macht oder der Anerkennung handelt, wird kaum Frieden finden. Er wird in seiner Seele keinen Ausgleich finden.

Liebe ist die tägliche Kraft, die uns nach dem morgendlichen Erwachen ins Ohr flüstert:

„Komm, Mädchen, komm, Junge, du schaffst es! Steh auf! Ich – die Liebe – führe dich durch den Tag, ich gebe dir die Kraft durchzuhalten, auch wenn es noch so schwer für dich werden sollte."

Wenn Glaube und Hoffnung fallen, bleibt die Liebe weiter bestehen, denn Liebe lässt dich nicht fallen. Die Liebe ist tatsächlich die größte Macht. Wenn du an die göttliche Macht der Liebe glaubst, dann kannst du nicht fallen. Das ist für mich wie ein Naturgesetz. Es kann geschehen, dass du in eine verzweifelte und hoffnungslose Situation gerätst.

Liebe aber ist nicht nur ein großes Gefühl, sondern eine überwältigende, fürsorgende Kraft. Sie kann dich durch jede Situation hindurchtragen, vorausgesetzt, du empfindest sie nicht ausschließlich als Eigenliebe. Liebe ist umfassender und sucht nicht sich selbst, sondern das Wohl des anderen. Man spricht dabei von Agape, einer Liebe, welche nicht eigennützig ist, sondern das Wohl der anderen sucht. Wir leben in einer Welt, in der sich Liebe kaum zeigt, dennoch ist sie da. Ohne sie gäbe es keine Familien. Ohne sie gäbe es keine Toleranz, keine freiwilligen Helfer und kaum Hoffnung. Liebe sollte das Wesentliche sein, was uns als Menschen ausmacht. Menschlichkeit besteht aus gegenseitiger Fürsorge, geprägt von Liebe. Dass wir diese Liebes- und Lebenskraft aber nicht aus dem „Nichts" erhalten, steht für mich einwandfrei fest. Wir benötigen ein inneres, fast naives Vertrauen in das Gute und daran, dass es etwas gibt, was uns Gerechtigkeit verschafft und uns Kraft gibt, schwierige Zeiten zu bewältigen. Manchmal benötigen wir dafür einen Menschen, den wir nicht nur sympathisch finden, sondern den wir einfach lieben können, so wie er ist. Damit möchte ich aber nicht alle Singles desillusionieren. Denn auch wer alleine lebt, kann etwas lieben. Sie oder er kann Gott, die Natur oder auch ein Haustier lieben, welches ihm bzw. ihr noch treuer ergeben ist als so mancher Mensch.

Ich bin der festen Überzeugung: Wer liebt, schöpft Lebenskraft, weil die gebende Liebe immer mindestens im gleichen Maße zurückempfängt. Was wir an Liebe schenken, kommt in irgendeiner Weise positiv zu uns zurück. Aber nicht in materieller Form. Hier dürfen wir keine Gegenrechnung aufmachen, vielmehr sollten wir uns überraschen lassen, was wir durch die Liebe im Leben zurückerhalten. Das mag unkalkulierbar und naiv erscheinen. Manchmal kommt es uns hart und unverständlich vor, wenn wir glauben, für unsere Liebe nichts oder zu wenig zurückzuerhalten. Aber wir bekommen ein tieferes Geheimnis als Antwort zurück. Oft verlangt uns das Leben viel Geduld und Zeit ab, bis wir schwierige zwischenmenschliche Verhältnisse, etwa mit Partnern oder Freunden, verstehen können. Anfangs sind wir in der jeweiligen Situation gefangen und reagieren verständnislos und verärgert, weil wir enttäuscht wurden. Dies sollte uns aber nicht daran hindern, unseren Optimismus in Bezug auf die Liebe beizubehalten. Denn wir haben doch unseren Teil mit gutem Gewissen beigetragen oder geschenkt. Daraus entsteht kein Hass, sondern Ruhe, Kraft und Geduld. *Nicht die Angst, sondern der Hass frisst die eigene Seele auf!* Die Liebe, welche mit Lebenskraft verbunden ist, ist das Gegenteil von Hass. Denn im Gegensatz zur Liebe beinhaltet Hass eine zerstörerische Energie. Objektiv würde ich die menschliche Lebenskraft, also die Liebe, in drei wesentliche Eigenschaften unterteilen:

1. Die Vernunft, welche nach einem positiven Sinn fragt.

2. Das Gefühl, welches unter anderem nach Gerechtigkeit fragt.

3. Das Bewusstsein, welches zu sich selbst sagt: „Ja, ich existiere, ich will existieren. Was meinem Leben dient, das dient auch dem Leben meiner Mitmenschen."

Vernunft, Gefühl und Bewusstsein charakterisieren uns im Wesentlichen als Menschen. Dadurch unterscheiden wir uns von Robotern und KI (künstlicher Intelligenz).
Ich habe zwar schon öfters versucht, die Liebe in Worte zu fassen oder gar in Gedichtform zu bringen, musste jedoch immer wieder die Erfahrung machen, dass es ziemlich schwierig ist. Meiner Partnerin Jacqueline ist es dagegen überaus gut gelungen, die Liebe zu beschreiben. Während ihrer Ausbildung zur Katechetin wollte sie den Schulkindern in einem Beispiel veranschaulichen, was Liebe ist, und sie erzählte ihnen von ihrem gehandicapten Sohn Simon. Weil sie Schweizerin ist, sprach sie natürlich auf Schweizerdeutsch:

„Hüt möcht ich euch öper vorstelle. Das isch dä Simon. Dä Simon isch min Sohn und ich freu mich, dass ich eu hüt äs Erlebnis verzelle dörf, wo ich mit ihm erlebt ha. Es handlet dodäfo, wie dä Simon uf eimol hät chönä laufä.
Dä Simon isch genauso alt wie ihr. Doch är isch andersch als die andärä Chind i sim Alter. Dä Simon isch sit sinärä Geburt behinderet und cha nöd i d' Schuel wie ihr. Er goht in ä bsunderi Schuel. Es isch ä Spezialschuel für geistig behiderti Chind.
Er cha vili Sachä nöd machä, wo ihr chönd. Er cha nöd sälber mit äm Löffel ässe. Ich muess in füätärä. Er muess au no gwicklet werdä, obwohl är scho acht Johr alt wird. Dä Simon und ich chönd au nöd mit Wort redä mitänand, er cha nur Tön vo sich geh. Doch i sinä Augä chan ich mängmol gseh, was är mir möcht sägä, und mir unterhaltet üs stumm. Dä Simon isch i villäm igschränkt und dä Alltag

mit im isch nöd immer so eifach, will d' Lüt s' Verhaltä vom Simon mängmol nöd chönd verstoh. Doch mir als Familie hend dä Simon ganz fescht gern und gebet im Halt, wenn är mängmol Angst hät.

Langi Ziit hät är au nöd chönä laufä, er isch nur uf äm Bodä umäkrochä. Vill Lüt hend zu mir gseit: ‚Dis Chind cha wohrschinlich nieä laufä, äs wird s' Läbä lang im Rollstuäl sitzä.' Das hät mich ganz fescht truurig gmacht und zum Schluss han ich sogar glaubt, was mir d' Lüt gseit hend. Ich ha mich zruggzoge und ha niemert me wellä gse. Sie hend jo sowieso immer s' gliichä gseit.

Doch amänä Tag, bim Zmorgä, wo ich scho lang nümä dra glaubt ha, dass dä Simon ämol wird laufä, han ich äs chlisäs Wunder erläbt. Wo ich dä Simon agluägät han, han ich uf eimol dänkt: ‚Hüt isch öpis andersch als süsch.' Er hät usgse, wie wenn er plötzlich wür ufschto und weglaufä. Und tatsächlich, langsam hät er sich agfangä ufzrapplä, isch uf sini dünnä Beinli gstandä, hät agfangä sich vom Tisch wegtstossä und isch ä paar Schritt ganz ällei dävogloffä. Ich ha minä Augä nöd traut. ‚Isch das würklich min Sohn, wo sit fünf Johr am Bodä umäkrochä isch?' Dä Tag han ich nie vergässä, ich ha s' Gfühl gha, dass Gott ihm gseit hät: ‚Chum, du chasch es, stand uf und gang!'

Gott hät mich a dem Tag glücklich gmacht. Er hät mich und dä Simon nöd vergässä. Er isch eifach da gsi. A dem Tag han ich Gottes Liebi ganz bsunders gspürt. Sit dem Tag weiß ich, dass ich mich immer uf Gott verloh cha. Er lot mi niä ällei."

Von Jacqueline, meiner langjährigen Lebenspartnerin

Wenn wir sprichwörtlich am Boden sind, dann geht es uns wie dem Sohn meiner Freundin Jacqueline. Je mehr und je länger wir am Boden sind, desto besser können wir uns in die Situation eines schwer Gehandicapten einfühlen: Wir glauben schon nicht mehr an den Tag, der die Wendung bringen wird, aber er wird kommen und wir werden wieder aufstehen. Es wird so sein.

Liebe ist die beste „Nahrung" für die Seele und damit ist sie Kraft und Energie, die uns am Leben erhält.

Die Seele – eine Energiequelle

Zu leben und eine Seele zu haben bedeutet, eine Kraft, eine Energie zu besitzen. Damit meine ich jedoch nicht, dass die Seele eine Energiequelle ist, die man beliebig anzapfen könnte. Dem ist meiner Ansicht nach nicht so, denn die Seele muss „geladen" werden – oder religiös ausgedrückt: Sie muss „gespeist" werden. Und zwar in Form von Liebe.

Diese Liebe kann ein Mensch beispielsweise aus einem religiösen Glauben oder aus religiösen Handlungen ziehen. Eine andere Kraftquelle für die Seele könnte das eigene Leben sein, wenn ein Mensch nach eigenen Wertvorstellungen lebt und handelt. Auch die Handlungen von Mitmenschen können Kraftquellen sein, welche Hoffnung und Zuversicht schenken. Aber auch die Liebe zum eigenen Kind, weil man daraus neue Lebensenergie schöpft.

Um leben zu können, werden wir von Geburt an mit einer Energie ausgestattet, welche uns am Leben hält. Träger dieser Energie ist meines Erachtens die Seele. Wenn der Körper ohne Seele auf die Welt käme, würde er meiner Meinung nach sofort sterben. Denn wir benötigen Kraft, um am Leben zu bleiben. Auch jede Pflanze benötigt Energie, um durch die Erde oder gar durch den Asphalt ans Licht zu gelangen. Es ist schwer zu glauben und noch schwerer zu vermitteln, dass auch Pflanzen eine Art Seelenenergie besitzen. Sie sind in jedem Fall Lebewesen. Dass sie eine botanische Lebensform darstellen, ist wissenschaftlich nicht bestreitbar.

Wenn ein junger Mensch keine Energie mehr hat, würde man ihn wohl als „depressiv" oder gar als „lebensmüde" bezeichnen. Sein Zustand ließe sich in etwa so beschreiben:

„Es ist wieder Tag. Du musst bald aufstehen", sagt die innere Stimme. „Ich will nicht", denkt er sich. Er will kein Bewusstsein haben. Er will in der Nacht sein, da, wo keine Gefühle, Wahrnehmungen und Gedanken sind. Da, wo man hinkommt, wenn man in den Tiefschlaf gerät oder – vielleicht – nachdem man gestorben ist. Er will im Nichts sein, zwar nicht für ewig, aber er will auch keinen Tag erleben, weil es zu viel Anstrengung kostet. Ein Widerspruch.

Unbedingt anzumerken ist hierzu, dass es sicher einige junge Menschen gibt, denen die Energie zum Leben fehlt. Viele können dies nachempfinden. Und es ist ganz wichtig, zu wissen, dass diese Erfahrung keine Schande ist. Es ist nichts, wofür man sich schämen müsste. Im Gegenteil: Es zeigt, wie viel Gefühl, wie viel Sehnsucht in einem Menschen steckt, wie sehr er sich das Leben wünscht und wie viel Schmerz es bedeutet, die Lebensenergie verloren zu haben. Das mag den Anschein haben, als wäre man ein Loser. So ist es aber nicht. Wie gesagt, das Gegenteil ist der Fall. Ein Mensch, der so empfindet, zeigt uns, wie wertvoll das Leben ist, weil er sich doch nach dem Leben sehnt und für das Leben kämpft, auch wenn es schwer erscheint.

Ein Arzt sagte mir vor vielen Jahren: „Wenn das Leben so einfach auszuschalten wäre wie ein Lichtschalter, dann hätte sich die Hälfte der Menschheit schon längst ausgeknipst." Das mag pessimistisch klingen. Aber sagt es nicht auch etwas darüber aus, *wie kraftvoll das Leben ist*, weil man es nicht einfach so ausknipsen kann? Eben nicht nur, weil es schwer ist, sich das Leben zu nehmen. Aber warum ist das so? Weil – unabhängig von jeglicher Religion – das Leben das Stärkste und das Wertvollste ist, was die Welt zu bieten hat.

Ich will nicht daran glauben, dass der Krieg, der Hass, die Hoffnungslosigkeit, der Neid, die Habgier und die Missgunst in den Menschen stärker sind als ihr Überlebenswille. Denn das wäre das Ende. Ja, es kostet Kraft. Jeden Menschen kostet es Kraft, am Morgen aufzustehen und in den Tag zu starten. Wie viele Menschen haben keine Perspektive, keinen Mut, keine Aussicht auf ein angenehmes Leben. Um die täglichen Aufgaben und Herausforderungen zu erledigen, muss jeder kämpfen – auch derjenige, welcher in einem geordneten, einem sogenannten „gesunden" Umfeld lebt. Es gibt jedoch Menschen, die nicht immer den Druck spüren, der auf ihnen liegt. Sie bemerken auch kaum, wie viel Energie sie aufwenden, um ihre täglichen Aufgaben zu erledigen. Weil sie ein Ziel vor Augen haben, weil sie eine Berufung, eine Aufgabe zu erledigen haben, welche ihrer Sinnvorstellung entspricht und mit ihrem Lebensplan vereinbar ist.

Wenn die Seele einen Sinn, einen Lebenszweck, ein Lebensziel erkennt, dann lädt sie sich mit Energie auf. Es ist die Hoffnung auf ein bestimmtes Ziel, auf ein bestimmtes Ereignis, welche die Seele aufblühen lässt und in eine Energiequelle verwandelt.

Wozu lebe ich? Nicht nur für meine eigenen Ziele …

Anders ausgedrückt: Ein Mensch kann die nötige Lebensenergie deshalb aufbringen, weil seine Moral und seine Wertvorstellungen seiner Lebensrealität entsprechen. Die Moral und die Wertevorstellungen eines Menschen sind meiner Ansicht nach sehr stark mit der Lebensenergie (Seele) verknüpft.

Woher aber bekommt die Seele ihre Nahrung? Woraus zieht sie die Kraft, um mit den täglichen Belastungen klarzukommen? Denn diese Belastungen erfordern Energie. Jeder Mensch benötigt Energie, um täglich aufstehen und den Tag positiv bewältigen zu können. Um die Frage bildlich zu stellen: Was gibt einem Menschen oder einer Pflanze die Kraft, durch schweres Gestein, durch den Asphalt ans Tageslicht und ans Wasser zu gelangen?

Die aus der Seele kommende Lebenskraft

Das ist die Kraft, um das Leben zu meistern, um es nicht nur zu bewältigen, sondern auch zu genießen. Ich las einen Spruch auf der Wand eines Restaurants: „Die Welt gehört dem, der sie genießt." Die Lebensfreude, die Fähigkeit, Hoffnung und Liebe zu spüren und diese an das Umfeld weiterzugeben – das ist das Ziel, auf welches wir hinarbeiten sollten! Wenn wir Kinder in die Welt gesetzt haben, sollten wir ihnen nicht das Leben schwermachen, indem wir unseren Frust und unsere Vorstellungen in sie „hineinimpfen". Nein, wir haben Kinder, um das Leben weiterzugeben, nicht um ihnen das Leben zu erschweren, gar so, dass es „abgetötet" wird. Wir müssen den Kindern zeigen, dass das Leben kostbar und lebenswert ist.

Das Leben ist nicht, wie mein Vater einmal sagte, „eins der schwersten". Nein, das Leben ist das Schönste! Das Schönste, weil es unser Bewusstsein ist, und das ist eigentlich das Einzige, was wir wirklich besitzen. Denn alles andere hat ohne das Bewusstsein keinen Wert. Alles ist wertlos ohne unser Bewusstsein, ohne unser Leben. Das Bewusstsein vermittelt uns unsere Wahrnehmung, unsere eigene Welt und unsere eigene Realität, in der wir den Dingen einen Wert geben. Geld, Gold und Macht haben keinen Wert, wenn wir kein Bewusstsein, kein Leben mehr haben. Es gibt Dinge, die wertvoller sind als Geld, Gold und Macht: Die wertvollsten Güter, welche wir nicht kaufen können, sind *das Leben, Zeit und die Liebe*. Deshalb hat uns eine höhere Macht das Leben geschenkt, damit wir durch unser Leben nicht nur die Liebe finden, sondern auch ganz bewusst Dinge wahrnehmen und genießen können.

Das gesunde Leben, der gesunde Menschenverstand sagt uns, dass wir diese Kraft des Lebens nur mit unseren Gefühlen einfangen und geben können. Die Lebenskraft durch die Liebe ist nicht materiell sichtbar. Wir sehen bspw. das Geld, das Gold, die Macht, aber können nicht erkennen, worauf es im Leben wirklich ankommt, nämlich: Miteinander das Leben wertvoll zu erhalten und es für uns alle gesund zu gestalten.

Wir müssen unserem Leben meist nicht einmal selbst einen Sinn geben, denn das Leben selbst ist der Sinn. Das bedeutet: Wir werden schon in eine Lebenssituation hineingeboren, mit der wir zurechtkommen müssen. Eigentlich stellt uns das Leben selbst eine sinnstiftende Aufgabe: Wir müssen aus dieser Lebenssituation, so banal es klingt, das Beste machen.

Je verzweifelter uns die Welt erscheint, umso mehr Lebenskraft, umso mehr Lebenswille ist erforderlich. Wir sind nicht schwach, wenn wir am Boden liegen und alles unerträglich erscheint. Viele erleben das. Viele geben nicht zu, dass sie am Boden sind oder waren. Die Kraft, wieder aufzustehen, sich zu sammeln und wieder aufzutreten, die entstammt dem Bewusstsein des Lebens. Wenn wir uns unserer Situation ganz konkret bewusstwerden, dann spüren wir den Schmerz und die Niederlage so heftig, dass wir ausrufen könnten: „So, du Teufel, war das alles, was du zu bieten hast? Dann sieh her und beobachte mich, jetzt liege ich am Boden, aber es dauert nicht lange, dann stehe ich wieder da!" Und du wirst sehen: Du stehst wieder da! Nicht voll Zorn oder Rachegefühl, nein, sondern als ruhiger Fels, den niemand verrücken kann.

Ich denke, dass das eine Form der gesunden Selbstliebe ist, gemäß dem Gebot: *Liebe deinen Nächsten wie dich selbst.* Es will sagen, dass wir uns nicht mehr, aber auch nicht weniger lieben sollen als jeden anderen auch. Wir wollen es den Menschen in unserer Umgebung gerne rechtmachen, weil wir glauben, sobald es unseren Familienmitgliedern gut geht, haben wir selbst auch Frieden. Wir sollten unseren Wert jedoch weder geringer noch höher schätzen als den der anderen. Wie auch immer das machbar und möglich ist.

Wenn wir geschlagen werden, macht es keinen Sinn, die andere Wange hinzuhalten. Dieses Gebot aus der Bergpredigt entstammt meines Erachtens einer alten Ehrvorstellung. Es beruht auf der Voraussetzung, dass der Schlagende aus

Scham vor dem zweiten Schlag zurückschrecken würde, weil er nicht mit der Vergebung des Gegenübers rechnet. Diese Vorstellung ist heutzutage absurd, wenn nicht sogar naiv. Denken wir nur an die U-Bahn-Videos, auf denen zu sehen ist, dass Menschen von hinten in den Rücken geschlagen und auf die Gleise geworfen oder hinterrücks die Rolltreppe hinuntergetreten werden. Die Opfer solcher Angriffe fühlen sich nicht mehr sicher, wenn sie sich im öffentlichen Raum bewegen. Sie erleiden ein schweres Trauma. Sie müssen erst wieder Vertrauen in die Menschheit, Vertrauen zu anderen Menschen finden.

Jedes seelische „Dilemma", ob von außen oder von innen verursacht, hemmt uns, unseren Beruf auszuüben, unseren Weg zu gehen. Es hindert uns, wirtschaftlich für uns zu sorgen, und erschwert uns, Beziehungen einzugehen. Deshalb ist es wichtig, dass in uns immer ein Funken Lebenskraft brennt. Ein Funken Lebenskraft bedeutet Hoffnung. Aus dieser Hoffnung können wir Neues entstehen lassen. Aus einem Funken Lebenskraft erwächst Hoffnung, aus Hoffnung kann Liebe entspringen.

Menschenleben versus Computermenschen

Ein Tag im Jahr 2018: Heute Abend sprach ich mit meiner vierzehnjährigen Stieftochter Lisa über Roboter und deren Eigenschaften. Anfangs war ich ein wenig erschrocken, weil ich mir nicht vorstellen konnte, dass man vor etwas Abstraktem Angst haben könne. Doch sehr oft ängstigen wir uns vor Dingen, die uns täglich im Leben begegnen und uns trotzdem irgendwie unerklärbar sind.
Lisa meinte, dass Computer eigene Wesen sein könnten, die für uns Menschen gefährlich wären. Sie fragte mich: „Werden Roboter irgendwann eine Seele, also Empfindungen wie wir Menschen, haben?" Aus der darauffolgenden Diskussion ergaben sich weitere Fragen: „Werden wir zu Göttern, wenn die Roboter uns als ihre ‚Schöpfer' betrachten? Oder ist die Roboterentwicklung ‚nur' eine weitere Stufe in der menschlichen Evolution?"
Dann tauchte noch eine interessante Frage auf: „Falls Roboter Empfindungen hätten, müsste man sie dann ebenfalls schützen und ihnen, analog zu den Menschenrechten im Grundgesetz, ‚Roboter-Rechte' zusprechen?"
Um es gleich vorwegzunehmen: Wir haben uns zwar aus der Diskussion heraus diese Fragen gestellt, doch keine konkreten Antworten darauf gefunden. Aus meiner Sicht würde ich die letzte Frage umgekehrt stellen: „Sind wir Menschen nicht schon zu gefühllosen Robotern geworden?" Aber zurück zum Versuch einer Antwort für meine Tochter. Ich muss gestehen, dass ich mich in diesem Moment ein

wenig wie ein schlechter Stiefvater gefühlt habe, denn ich war auf ihre Frage nicht vorbereitet und noch nicht in der Lage, auf diese eine Antwort zu finden. Nach einigen Erklärungsversuchen hatte ich sogar den Eindruck, dass ich nicht die richtigen Argumente fand, um meiner Stieftochter ihre Angst vor einer Verselbstständigung der Computer bzw. Roboter zu nehmen. Es könnte ja sogar sein, dass ihre Angst nicht ganz unbegründet ist.

Ich startete einen ersten Erklärungsversuch: „Ein Roboter ist zunächst einmal ein Computer. Und ein Computer besteht aus Schaltkreisen, Halbleitern, elektrischen Bauteilen, Kabeln, Transistoren, Prozessoren und so weiter. Er kann Rechenaufgaben sehr schnell ausführen. Im Grunde genommen ist er ein Haufen Metall und kann eigentlich nur zwischen Nullen und Einsen unterscheiden, nach dem Motto: Strom fließt oder Strom fließt nicht."

Lisa: „Woher weißt du das? In einem Computer ist doch noch viel mehr drin."

Ich: „Ein Computer besteht, grob und vereinfacht gesagt, aus folgenden Bauteilen: einem Gehäuse, einem Motherboard (und weiteren elektronischen Bauteilen), um Daten auf- oder abzuspielen bzw. zu speichern."

Lisa: „Aber man kann in den neuesten Robotern schon menschliche Eigenschaften einprogrammieren, sodass man sich mit ihnen unterhalten kann und sie sogar auf unsere Stimmungen reagieren können?"

Ich: „Ja, das kann man programmieren. Man kann einen PC auf die Höhe und Tonlage einer Stimme programmgemäß reagieren lassen. Aber all das ist nur nachgespielt, also eine Simulation."

Lisa: „Dann hat der Roboter aber auch einen eigenen Willen, also eine eigene Seele. Man kann Roboter sogar so einstellen, dass sie sich selbst reparieren können."
Ich: „Diese Fähigkeiten können Roboter tatsächlich nachahmen. Aber sie sind deshalb uns Menschen keinesfalls gleichgestellt. Denn ein Mensch hat immer eine Seele, die sich in Form von Fantasie, Schmerz, Ideen, Zuneigung, Abneigung und echten Gefühlsäußerungen ausdrückt. Ein Computer bzw. Roboter kann solche menschlichen Eigenschaften nur simulieren. Simulieren bedeutet, er kann diese Gefühle über einen Lautsprecher kundtun, jedoch werden sie nicht von ihm empfunden, weil ein Haufen Blech keinen Schmerz, keine Freude und keine Liebe empfinden kann. Er kann diese Gefühle nur nachahmen. Es sind niemals seine eigenen."
Wir dürfen nicht vergessen, was einen Menschen ausmacht und was ihn von einer Maschine unterscheidet: Ein Mensch macht Fehler. Ein Mensch kann Trauer, Schmerz, Hunger, Sättigung nicht nur am eigenen Leib fühlen, sondern auch bei seinen Mitmenschen wahrnehmen, nämlich in Form von Mitgefühl. Ein Mensch kann sich verlieben. (Dabei sei erwähnt, dass wir uns – nach meinem Empfinden wohl eher unbewusst – nicht immer in einen „perfekten" Menschen verlieben. Wir verlieben uns meist in einen Menschen mit Ecken und Kanten, der auch liebenswerte Fehler und bestimmte Charakterzüge hat, die unseren gleichen oder uns vertraut sind.) Menschen finden sich gegenseitig sympathisch. Als Menschen haben wir Wertvorstellungen. Wir können moralisch handeln, aus Gewissensgründen. Auch empfinden wir, im Gegensatz zu einer Maschine,

Angst. Wir sorgen uns um uns nahestehende Menschen oder auch um Dinge, die uns wichtig sind. Wir sind vergänglich und haben Hoffnungen. Wir machen uns Gedanken über das „Leben" nach dem Tod. Wir versuchen, Kraft und Hoffnung mittels eines Glaubens zu finden. Wir fühlen uns wohl, wenn ein bestimmter Mensch in unserer Nähe ist. Eine Maschine wird solche Empfindungen nicht originär, also nicht ursprünglich aus sich selbst, hervorbringen können. Wenn eine Maschine dies könnte, dann hätte sie eine Seele. Gefühle entstehen meist spontan, jedoch beruhen sie auf komplizierten Vorgängen, weshalb sie, meiner Ansicht nach, nur durch bioorganische und nicht durch maschinelle Prozesse erzeugt werden können.

Vielleicht hilft der Blick auf eine menschliche Extremsituation hier weiter: Wie soll ein Roboter die Gefühle, Hoffnungen, Vorstellungen und nicht zuletzt den Schmerz einer gebärenden Mutter in sich erzeugen können, und zwar so, als wären diese Empfindungen in ihm selbst entstanden? Eine Tonbandaufnahme kann jeder abspielen. Ein Mensch hat nicht nur die Fähigkeit, zu lernen, sondern auch die Möglichkeit, seine Lernprozesse frei zu gestalten (zum Beispiel durch Videovorträge über PC oder via Fernseher, per Fernstudium oder Präsenzlehrgänge etc.)

Können wir einem Computer tatsächlich Kreativität vermitteln? Ich verstehe unter Kreativität die Fähigkeit, etwas Neues zu erschaffen, ein originäres und originelles Produkt, das für den Menschen eine Bedeutung hat und von ihm in irgendeiner Weise als schön bewertet wird. Nehmen wir die Malerei als Beispiel: Jedes Gemälde gibt eine bestimmte Stimmung wieder, die der Maler bei dem

Betrachter hervorrufen möchte. In jedem Kunstwerk steckt eine Botschaft, denn der Künstler will damit etwas verarbeiten oder ausdrücken. Der Entstehungsprozess eines Gemäldes ist oft mit sehr intensiven Stimmungen und Gefühlen verbunden. Ein Computer hingegen empfindet nichts, wenn er ein künstlerisches Produkt hervorbringt. Unter anderem sind es also unsere Empfindungen, die uns von Computern unterscheiden. Je öfter wir uns hinter unserem PC, unser Tablet oder Smartphone zurückziehen, umso mehr verlieren wir jedoch die Fähigkeit, menschliche Stimmungen und Gefühle greifbar zu machen. Wir verlernen letztlich, sensibel miteinander umzugehen, weil wir die Gefühle unseres Gegenübers nicht mehr richtig einordnen können. Wir mechanisieren unsere Entscheidungen und wägen sie ab wie ein Rechenprogramm, ohne zu bemerken, was mit unserem Gegenüber geschieht. Wir machen uns durch die Verwendung von Computern selbst zu Maschinen und verlernen, uns miteinander zu unterhalten, sodass wir auch das Zuhören verlernen. Wir können nicht mehr in den Gesichtszügen unseres Gegenübers lesen, weshalb wir aus seiner Mimik zunehmend falsche Schlüsse ziehen. Wie wichtig wäre es, einmal nur zuzuhören und auf die Tonlage zu achten. Denn oft vermittelt uns schon die Tonhöhe einer Stimme eine wichtige Botschaft, die sich sogar vom Inhalt der gesprochenen Sätze unterscheiden kann. Unsere Smartphones haben uns alle zu „wichtigen Managern" gemacht und zum Teil sind wir auch zu armseligen, selbstbezogenen Menschen geworden. Wir vereinsamen trotz vielfacher digitaler Kommunikation, die leider meist oberflächlich bleibt. Wir können einen Menschen nur umfassend verstehen, wenn wir ihm von Angesicht zu Angesicht gegenüberstehen. Und selbst dann ist es oft schwierig, einzuschätzen, ob wir ehrlich miteinander umgehen. Es ist leicht, eine Entscheidung aus materieller Sicht zu treffen, weil wir dann ganz einfach Kosten und Nutzen gegeneinander abwägen. Aber ist diese Entscheidung dann auch (menschlich) richtig? Ein Geschäftsmann erzählte mir einmal, dass er seine Geschäftspartner „früher" – also vor Beginn der digitalen Revolution – stets persönlich getroffen habe. Beim Vertragsabschluss blickte man sich in die Augen und besiegelte die Vereinbarung mit einem Händedruck. Alle Beteiligten erhielten einen persönlichen Eindruck von ihrem jeweiligen Gegenüber. Sie besaßen genug Menschenkenntnis, um zu erkennen, ob der jeweils andere Hintergedanken hegte. Damals konnte ein Geschäftsmann oftmals sicherer einschätzen, ob ihn sein Geschäftspartner über den Tisch ziehen wollte oder nicht. Dies ist nun mittels elektronischer und digitaler Kommunikation deutlich schwieriger geworden.

Gerade im Businessbereich stehen oft Entscheidungen an, bei denen es um Existenzen, also um Arbeitsplätze geht. Geschäftsführer halten ihre Arbeitnehmer bewusst bei der Stange und lassen sie über geplante Stellenstreichungen im Unklaren, damit die Arbeitnehmer noch möglichst lange ihre Arbeitskraft zur Verfügung stellen, obwohl der Abbau ihres Arbeitsplatzes längst beschlossen ist. Der Computer macht es uns leicht, uns hinter einer E-Mail oder einer Kurznachricht zu verstecken. Es gehört Mut dazu, in einem Unternehmen auch negative Entscheidungen frühzeitig bekannt zu geben. Leider überwiegen jedoch für die

Entscheidungsträger finanzielle Überlegungen/Vorteile, die eine solche Offenheit meistens verhindern.
Wir sind aber keine Maschinen. Wir sind Menschen. Das bedeutet zugleich, dass wir den Mut haben müssen, es zuzulassen, Menschen zu sein. Wir sollten den Mut haben, uns selbst gegenüber ehrlich zu sein. Wenn wir uns hinter einem Computer verstecken, machen wir uns zu empfindungslosen Sklaven und treffen unsere Entscheidungen lediglich anhand einer materiellen Kosten-Nutzen-Abwägung.
Auch bei der Partnerwahl führt uns der PC oft komplett in die Irre. Kein Foto und kein Rechenprogramm kann uns vor unseren eigenen Täuschungsmanövern schützen. Männer haben bei der Partnersuche leider den Hang, unterbewusst nach Äußerlichkeiten zu entscheiden. Das ist im Grunde nicht verwerflich, solange es nicht das einzige Entscheidungskriterium bleibt. Doch wir Männer – so denke ich jedenfalls – überbewerten meist das Äußere. Eine fünfzehnminütige persönliche Diskussion über ein „streitbares" Thema (z. B. über Einwanderung oder Homosexualität) kann schneller Klarheit bringen als ein Profil im Internet. Aussagekräftig sind Selbstdarstellungen nur dann, wenn jeder ihren Wahrheitsgehalt überprüfen kann. Wenn ein Mensch Gedichte verfasst, dann kann eines dieser Gedichte mehr über seine Persönlichkeit aussagen als ein Foto im Internet. Wenn ein Mensch von seinen Kindern oder von seinen Eltern spricht und wir ihm dabei ins Gesicht sehen, können wir Rückschlüsse auf seinen Charakter ziehen. Durch die vermehrte Nutzung von Computern nehmen wir jedoch zunehmend die Eigenschaften eines „Rechners" an

und verlernen unsere zwischenmenschlichen Fähigkeiten. Wir können zudem die Empfindungen unserer Mitmenschen schlechter erkennen und einschätzen.

Man möge mir unterstellen, dass dies erst wissenschaftlich bewiesen werden müsste – so wie das meiste, was ich hier schreibe. Ich bin so vermessen und stelle diese Behauptungen dennoch in den Raum, weil sie für mich eine logische Konsequenz meiner Beobachtungen sind. Man könnte auch sagen, es sei – nur – meine persönliche Meinung. Jedenfalls beobachte ich zunehmend, dass wir bestimmte Fähigkeiten verlernen, wenn wir uns nicht gelegentlich darin üben. Die Kommunikation mit fremden Menschen in einem Café verlangt beispielsweise ein hohes Maß an sozialer Kompetenz. Ich halte diese Situation sogar für komplex, weil jeder in der Öffentlichkeit ein bestimmtes Bild abgeben möchte, gleichzeitig aber bei seinem konkreten Gegenüber einen positiven Eindruck erwecken will. Zugegeben: Jüngere Menschen verhalten sich in einer solchen Situation wahrscheinlich unkomplizierter, weil sie sich aufgrund ihrer Jugend unbefangener auf öffentlichen Plätzen bewegen und gerne das „Neue und Unerwartete" suchen. Sie schrecken nicht sofort zurück, wenn mal etwas „in die Hose geht".

Ich stelle noch eine weitere These in den Raum, ohne diese wissenschaftlich begründen zu können: Ein „Weniger" an Computerzeit gibt mehr Zeit für das soziale Miteinander, zum Beispiel in einem Sportverein. Gerade jüngere Menschen lernen auf diese Weise, Verantwortung zu übernehmen, indem sie zu eigenverantwortlichem Handeln aufgefordert werden. Bei Aktivitäten, die Gruppenzusammenhalt erfordern, spüren sie zugleich, was ihre Mitmenschen brauchen. Sie lernen, sensibel und einfühlsam zu handeln, ohne ein „Weichei" zu sein (z. B. bei den Pfadfindern, im Fußballverein, im Judo-Club, beim Taekwondo, im Schwimm-Club).

Auch den älteren Menschen gäbe ein Computerverzicht Spielraum für vielfältige Aktivitäten, zum Beispiel im Kirchenchor, in der Gospel-Stunde, im Schach-Club, im Modellbauverein, in einer Tanzgruppe, bei der Gemeindemitarbeit, in politischen Gesprächen oder in Selbsthilfegruppen.

Gegenargumente?
„Was soll diese Weichspülerei? Sie, Herr Küchentischphilosoph, Sie haben einfach kein dickes Fell und sind viel zu empfindlich. Sie können sich nicht einmal mit Computern zurechtfinden und glauben, der PC sei an der Verrohung der Gesellschaft schuld? Schließlich ist die Welt da draußen hart und man braucht eine dicke Schale, um sich durchsetzen zu können."
Ja, wir müssen kämpfen und dürfen uns nicht unterkriegen lassen – das stimmt! Und leider müssen diejenigen, welche ein „dünneres Fell" haben, umso stärker sein. Wer schwach ist, muss – trotz und gerade wegen seiner Schwäche – stark sein. Denn Schwachheit können sich nur die Starken leisten. Wer Stärke zeigen muss, ist demnach der eigentlich Schwache. Denn „schwach" zu sein, Gefühle zu zeigen, ist nichts für Schwächlinge. Wenn wir einen Tiefpunkt erleben und beinahe an uns selbst verzweifeln, müssen wir die Kraft aufbringen, uns aufzurappeln. Wir müssen uns

selbst an den Haaren nach oben ziehen. Das kann keiner für uns erledigen. Das muss jeder selbst tun. Wer seine sensible Seite zeigt, macht sich angreifbar, gewinnt womöglich Sympathien, aber er muss dennoch stark sein, um sich selbst wieder zu stabilisieren, damit er seinen Weg, sein Ziel (Beruf, Familie etc.) weiterverfolgen kann. Wenn wir mit unseren Mitmenschen mitfühlen und uns in sie einfühlen, müssen wir ebenfalls stark sein, denn wir dürfen uns nicht selbst verlieren. Wir dürfen nicht vergessen, an uns selbst zu denken.

Zuhören und Hinhören kostet uns nur ein wenig Zeit und Geduld. Durch unseren modernen Lebenswandel haben wir heute jedoch kaum noch Zeit und damit auch selten Geduld. Der Terminplan ist voll, die Familie, der Haushalt, die Arbeit … Menschen brauchen menschliche Zuwendung und einen Ort der Geborgenheit, ein Zuhause, in dem sie ihr Leben verwurzeln können. An diesem Ort können sie zur Ruhe kommen, Kraft tanken, sich wohlfühlen. Dieser Ort befindet sich leider nicht im Internet. Sicher könnte man einwenden: „Nur die Harten kommen in den Garten." Warum sollte man Rücksichtnahme üben und anderen Menschen Zeit und Zuwendung schenken, den mühevollen „Umweg" über Gefühle gehen?

Ja, das sollte man, es kostet vielleicht etwas Kraft und Geduld, aber es lohnt sich. Denn wir bekommen alles in gleicher Weise zurück. Das macht das Menschsein aus. Das Füreinander-da-Sein gibt dem Leben Qualität und Länge. Ich denke, wir brauchen keine Moralapostel, keine studierten Philosophen, die uns zuerst in aller Breite die Sinnlosigkeit und Belanglosigkeit unseres Daseins erklären, um uns dann wiederum zu der Einsicht zu führen, wie wertvoll die Spezies Mensch ist. Der Alltag gibt uns nicht die Möglichkeit, viel Zeit in Philosophie zu investieren, um hinterher nur mit einem großen Fragezeichen dazustehen. Wenn wir es praktisch sehen, dann leben wir jetzt und sollten einfach das Beste daraus machen. Die meisten Menschen haben nicht die Zeit, sich einer Sinnfrage zu stellen. Das ist purer Luxus und könnte uns viel Lebenszeit rauben (wie ein Computer dies ebenfalls tut). Wer über das Leben zu stark sinniert, könnte in Verzweiflung verfallen. Ich denke, dass der Mensch auf der Welt ist, um das Problem seiner persönlichen Existenz zu lösen, zunächst im Einzelnen und darüber hinaus auch in gesellschaftlicher Hinsicht, in Bezug auf die Probleme der Gemeinschaft und das globale Zusammenleben aller Menschen. Am besten wäre es, wenn jeder von uns dazu seine eigenen Ideen einbrächte. Hierfür benötigen wir praktische Lösungen und keine Theorien.

Sylvester 2023/Neujahr 2024
Gerade habe ich in der ARD-Mediathek die Sendung „Better than human? Leben mit KI" gesehen und möchte gerne darauf reagieren.
Es wurden darin an Testpersonen drei Szenarien als Beispiele für den Einsatz von KI dargestellt. Zudem wurden drei Vertreter des realen Lebens, also ein Pfarrer bzw. Pastor, eine Therapeutin und eine „beste Freundin", zu den Ergebnissen und Erfahrungen der Testpersonen befragt. Außerdem kommentierten Vertreter einer Universität, eine Vertreterin des Ethikrates und eine KI-Expertin das Experiment.

Am Ende stimmten die KI-Expertin und der Vertreter der Universität überein, dass es sich bei KI letztlich um ein Werkzeug handle, welches man auf die eine oder andere Art nutzen könne. Das sagen Wissenschaftler immer, um sich komplett jeder Verantwortung zu entziehen, obwohl sie die Menschlichkeit bzw. die moralische Fehlbarkeit auf der Welt kennen. Letztlich komme es darauf an, wofür wir KI einsetzen, wer den Nutzen daraus zieht und wie bzw. mit was wir letztlich für dieses Werkzeug bezahlen, wenn es uns einen Vorteil bringt.

Die Vertreterin des Ethikrates widersprach sich meiner Ansicht nach komplett, denn einerseits bestünde ihrer Ansicht nach eine Verpflichtung, die KI zu nutzen, wenn diese Dinge besser erledigen könne als wir Menschen, also dadurch ein klarer Vorteil entstünde. Andererseits dürfe KI dann nicht eingesetzt werden, wenn diese die Menschen in ihrer eigenen Weiterentwicklung behindern oder ersetzen würde.

Aber genau das tut sie, wenn wir ihre Vorteile nutzen. Ich bin kein Gegner von KI und sogar der Meinung, dass diese in Notsituationen ein Krisengespräch effektiver managen könnte als Menschen. Jedoch sollte man mit diesem Instrument vorsichtig umgehen, denn es kann tatsächlich Menschen ersetzen und sie daran hindern, persönliche Fortschritte zu machen.

Der Pastor kam m. E. am ehrlichsten rüber, weil er mehr oder weniger verblüfft zugab, dass es die „Kirche" versäumt habe, stärker auf die Menschen zuzugehen, und die KI durchaus in der Lage sei, ein seelsorgerliches persönliches Gespräch zu ersetzen. (Im Film ging es um die Problematik

der Einsamkeit, unter welcher eine Seniorin sehr litt. Letztlich war sie von dem KI-Chat sehr angetan und hätte den virtuellen Pastor gerne ein- bis zweimal in der Woche weiterhin genutzt. Die KI konnte auf den gesamten Fundus von Bibelzitaten und Zitaten des berühmten Theologen Bonhoeffer zurückgreifen. Sie war durchaus in der Lage, menschlich, einfühlend und mitfühlend zu antworten und zu reagieren, und brachte viele Beispiele und Gleichnisse, welche zum Nachdenken anregten. Sie war freundlich und ging auf die Seniorin gut ein.)
Bei der KI-Psychologin kam es zu einem Bruch, als sie die Klientin mit Informationen zuschüttete, statt konkret auf ihr Problem einzugehen. Mangels gelebter Lebenserfahrung? Genau so war es bei der KI als bester Freundin, Totalversagen. KI kann keine stille Umarmung geben. Sie kann das körperliche Gegenüber nur schwer ersetzen und die Klientin würde ihre Probleme auch keinem technischen Körper anvertrauen, falls ein Roboter den Körper ersetzen könnte.

Wie viel ist uns die Berührung (nicht einer Heizung), sondern die Umarmung eines Freundes/einer Freundin wert?

Wenn wir uns aber, wie oben beschrieben, durch Computer bislang eh schon sehr isolieren, verlernen wir nicht durch die KI, die eigenen Fähigkeiten empathisch zu kommunizieren? Wir empfangen die Informationen gleich einem Hamburger, welchen wir serviert bekommen. Dabei verlernen wir jedoch, wie wir selbst einen Hamburger herstellen können. Werden uns nicht durch die KI noch mehr die Fähigkeiten genommen, eine gelungene zwischenmenschliche Kommunikation aufzubauen? Verlassen wir uns dann komplett auf die Maschine, um menschlich miteinander umzugehen, und verlieren wir dadurch nicht die Fähigkeit, Mitgefühl zu zeigen und zudem die Fähigkeit zu lernen, Liebe durch Worte selbst zu erzeugen und sie zwischenmenschlich auszutauschen? Verlernen wir diese überaus wichtigen zwischenmenschlichen Eigenschaften, welche uns über Jahrtausende weitergebracht haben, und ersetzen wir Menschen (Pastoren/Therapeuten) durch Maschinen (KI)?

Ist dies nicht genau das, wovor der Ethikrat warnt bzw. was er zu verhindern versucht? Einen Vorteil können wir dennoch daraus ziehen: Wir sollten KI einsetzen, wenn es in Notsituationen zeitlich nicht möglich ist, Pastoren, Therapeuten, Krisenmanager sofort hinzuzuziehen. Aber wir dürfen unser Können (Diplomatie, Freundlichkeit, Einfühlungsvermögen etc.), unsere ursprünglichen Fähigkeiten, nicht komplett durch KI ersetzen lassen.

Die Gefahr, dass wir – grob gesagt – die Fähigkeit zunehmend verlernen, „nett miteinander umzugehen", ist meines Erachtens gegeben und groß. Denn es ist einfacher und bequemer, sich vor den PC zu setzen, als einen Termin beim Pfarrer oder Therapeuten zu erhalten. Zudem ist es kostengünstiger.

Die entscheidende Frage aus meiner Sicht ist: *Wie will man verhindern, dass KI unsere eigene seelische und zwischenmenschliche Weiterentwicklung behindert und nicht doch Berufe und damit Menschen ersetzt?*

Ist es nicht genau dieser zwischenmenschliche Aspekt, dass wir lernen müssen, menschlicher, rücksichtsvoller, sozialer miteinander umzugehen, um nicht nur dieses Problem, sondern auch das Klimaproblem lösen zu können? Erst wenn wir unsere Mitmenschen, also unsere „humanen Gegenüber", wieder wertschätzen lernen, wenn wir uns gegenseitig zubilligen, dass jeder Mensch wertvoll ist und das Recht hat, einen Platz – auch neben uns – einzunehmen. Dann werden wir, aus diesem Fundus heraus, viele globale Probleme lösen können. Solange jeder an seine eigenen Vorteile denkt, werden wir weder das Klimaproblem, geschweige denn das Problem, dass KI Menschen ersetzen wird, lösen können.

Ergebnisse, um beispielsweise globale Probleme, wie den Klimaschutz oder die Gefahren von KI, angehen zu können, werden sich genau deswegen erst dann herauskristallisieren, wenn sich für jeden einzelnen Bürger ein unmittelbarer Vorteil ergeben wird! Weil es für viele zum Umdenken wohl keinen anderen Anreiz geben wird. Falls der klimafreundliche Sinneswandel oder das Mitmenschliche (in Bezug auf KI) keine Vorteile bringen mag, werden alle politischen Bemühungen und Lösungsansätze voraussichtlich ins Leere laufen.

Mit diesem Buch bemühe ich mich, darzustellen, welchen „menschlichen Gewinn", bzw. welchen globalen Gewinn wir, durch das Umdenken, über das Mitfühlen, das Mitmenschliche, ohne Geldgier und ohne Gewaltaktionen, erreichen könnten.

Des Menschen Wille

Von Kindesbeinen an haben wir gelernt, uns der Meinung von Obrigkeiten, Lehrern und Vorgesetzten zu unterwerfen. Es stellt sich jedoch die Frage: Warum sollen wir uns ihren Ansichten bedingungslos unterordnen? Weil wir angeblich von ihrer Gnade und ihrem Urteil abhängig sind? Weil wir scheinbar ihre Anerkennung, ihr Lob und ihre Bestätigung benötigen?
Allen Menschen, die sich von anderen unterdrücken lassen, sage ich: Wenn einer dieser „Oberen" glaubt, dir einreden zu müssen, dass du versagt hättest, dass du quasi eine „Nullnummer" seist, dann hast du die Wahl, ob du diese Meinung annimmst oder nicht. Wenn du dich damit begnügst und dieses abwertende Urteil übernimmst, dann hast du eine gute Ausrede dafür, nichts mehr tun zu müssen. Das wäre natürlich sehr bequem – wenn es dir nur nicht so wehtun würde, wenn du nur nicht so sehr darunter leiden würdest!
Deshalb hast du einen eigenen Willen. Dein Ego sagt dir, dass das nicht stimmen kann, denn kein Mensch hat das Recht, dich zu degradieren, deinen Wert auf null zu setzen. Kein Mensch darf deinen Wert unterschätzen. Denn jeder Mensch ist wertvoll! Jeder Mensch hat Fähigkeiten, die er in irgendeiner Form einbringen kann.
Wenn du ein Studium absolviert hast, bist du deswegen noch nicht mehr wert als ein Mensch, welcher „nur" eine Ausbildung abgeschlossen hat. Denn es kommt nicht nur auf den IQ und die Qualifikation an …

... sondern darauf, welchen Wert das Leben für dich hat!

Wichtig ist, wie du den Wert deines Gegenübers einschätzt. Hast du auch vor einem Menschen Respekt, welcher beispielsweise nicht deinem optischen Geschmack entspricht? Es kommt darauf an, welchen Wert du dir und anderen gibst und dass du dich nicht als Mittelpunkt der Welt betrachtest, sondern als Teil der Gesellschaft, in die du dich einbringst, damit du schließlich sagen kannst: „Ja, mein Beitrag war gut, er hat nicht nur mich selbst, sondern auch andere Menschen weitergebracht."

Die Fantasie ist das Wertvolle!

Wenn dich jemand runtergemacht hat, dann bist du wütend und versuchst gegenzusteuern, dich zu rächen. Oder du resignierst und sagst: „Ja, die haben schon recht, dass ich nichts (wert) bin und nichts kann." Aber wenn du in einer depressiven Phase bist, dann musst du deine Fantasie gebrauchen und dir sagen, dass dieses negative Urteil über dich nicht das endgültige Urteil ist und nicht sein darf und auch nicht sein kann. Wenn jemand vernichtend über dich urteilt, dann weißt du, dass das Gegenteil wahr ist: nämlich, dass du ein wertvoller Mensch bist und niemand dich aburteilen darf.
Entscheide dich dafür, dass dein Leben schön sein kann, voller Freude, Spaß und Sinnhaftigkeit. Dann wird es so werden. Stell dir vor, mit wie viel Freude du einer bestimmten Tätigkeit nachgehst. Dass du fähig bist, diese Freude zu empfinden, steht außer Frage. Du wirst wieder ein fröhlicher Mensch sein!

Kein Mensch hat das Recht, einen anderen Menschen abzuurteilen, ihm die Hoffnung zu rauben oder gar die Freude am Leben zu vermiesen. Jeder Mensch hat die Fähigkeit, sein Gegenüber zu respektieren und ihm höflich konstruktive Kritik mitzuteilen. Konstruktive Kritik degradiert nicht, sondern weist hilfreich darauf hin, wie eine Situation besser zu lösen oder zu bewältigen sein könnte, so dass beiden gedient ist. Falls dich jemand respektlos behandelt und deinen Wert auf null setzen möchte, fühle, was das mit dir macht, und schalte deinen Schutzschirm ein. Er lässt diese unberechtigte Form der persönlichen Anfeindung an dir abprallen. Weil du überzeugt davon bist, dass du, wie eben beschrieben, ganz einfach viel zu wertvoll bist, als dass irgendjemand dir auch nur in irgendeiner Weise deinen Wert absprechen könnte.

Letztlich sagt ein unangebrachtes negatives Urteil nichts über dich aus, sondern viel mehr über den Menschen, welcher dieses Urteil gefällt hat.

Gutmenschen

Gibt es den „guten Menschen"? Für alle, die das Wort „Gutmensch" als Verhöhnung auffassen: Jeder ist dazu „auserwählt", gut zu sein. Jedem steht dies zu: gut zu sich selbst und gut zu seiner Umgebung zu sein. Bleib immer so schön gut, wie du es immer warst! Lass dir den Anspruch, gut sein zu wollen, nicht schlechtreden. Wer an das Gute glaubt, ist weder naiv noch dumm. Im Gegenteil, er trägt Lebenskraft in Form von Hoffnung in sich. Das ist wertvoll und klug.

Wer diese Kraft, das Gute zu wollen, an das Gute zu glauben, in sich hat, weiß, dass er langfristig aus einer positiven Kraftquelle schöpft, die ihn stärkt. Er wird Vertrauen zum Leben gewinnen und Brücken bauen können. Reden kann man über das Gute viel, aber „gut" ist letztlich, wer „Gutes tut".

Als „gut" bezeichne ich alles, was der Lebensqualität und einem friedlichen Miteinander dient.

Ihr benötigt kein Studium, um dies zu verstehen. Manche Dinge sind so einfach, so alltäglich und doch richtig. Der gesunde Menschenverstand sagt uns, dass wir für ein gutes Zusammenleben auch die Menschen benötigen, die am unteren Ende der Gesellschaft leben. Denn von ihnen können wir lernen. Jeder von uns kann auch mal schnell ganz unten sein. Ohne sie – und ohne dich – ist kein Anfang möglich. Alle sind gefragt!

Das Wichtigste aber, um sich wieder motivieren und Kraft sammeln zu können, ist, die eigene Motivation auf den Frieden zu lenken, das eigene Herz auf die Seite der Warmherzigkeit auszurichten.

Das Leben langsamer, bewusster und menschlicher zu leben, ist die Grundlage, der Schlüssel hierfür.

Die drei Eigenschaften Sympathie, Einfühlungsvermögen und Freundlichkeit sind den meisten sensiblen Menschen zutiefst vertraut. Gehörst du auch zu diesen feinfühligen Menschen? Dann solltest du deine besonderen Eigenschaften als Basis nutzen, um dich und andere aus ungünstigen Lebensumständen zu befreien. Stehe zu deiner Feinfühligkeit, zu deiner Empathie, stehe zu dir und zu deinem ganzen Wesen!

Manch einer mag sagen: „Ich kann nicht ich selbst sein. Um Anerkennung oder Akzeptanz zu erhalten, muss ich mich anpassen, ich muss mich hierfür verstellen. Ich kann das nicht, deshalb ziehe ich mich zurück." Es mag der Eindruck entstehen – besonders bei vielen jungen Menschen ist dies der Fall –, dass man scheinbar nur durch angepasstes Verhalten akzeptiert wird. Leider ist das eine echte Wand, gegen die viele sensible Jugendliche heutzutage laufen. Jeder von uns ist einzigartig und etwas Besonderes. Und wenn wir eine bessere Form des Zusammenlebens wollen, müssen wir einerseits zu uns selbst stehen, aber auch jeden Menschen so akzeptieren, wie er ist. Deshalb führt kein Weg daran vorbei, dass wir uns als Gesellschaft auch zu den Menschen hin öffnen, welche nicht auf Anhieb in unser „Feel-good-Programm" passen. Wir müssen toleranter werden gegenüber Menschen, die auf irgendeine Weise „anders" sind als der „Durchschnittsmensch". Wir dürfen sie nicht als „krank" oder als „unnormal" betrachten. Stattdessen müssen wir uns mit Neugier solchen Menschen zuwenden. Auf der einen Seite müssen wir zu uns stehen und auch unsere Einzigartigkeit akzeptieren. Diese müssen wir auch leben dürfen, sofern wir damit niemandem – auch nicht uns selbst – schaden. Andererseits muss auch die Gesellschaft jedes Individuum in seiner Einzigartigkeit respektieren. Damit meine ich, dass keine Gruppe von Menschen eine Position innehaben darf, in der sie sich über andere erhebt. So wie alle vor dem Gesetz gleich sein sollten, sollten die Menschen sich untereinander als gleichwertig schätzen.

Anmerkung:
Es gibt jedoch eine legitime Form der Autorität, welche von Polizeikräften oder Behörden im Rahmen der geltenden demokratischen Gesetze rechtmäßig ausgeübt werden darf.

„Gutmenschen" und „Willkommen in Deutschland"
(Rückblick auf die Flüchtlingswelle im Jahr 2015, geschrieben zum Jahreswechsel 2015/2016)
Ohne einer bestimmten Partei auf den Schlips treten zu wollen, möchte ich feststellen, dass der Gebrauch von populistischen Aussagen niemanden weiterbringt. Der Satz „Wer betrügt, der fliegt!" will Stimmung gegen Zuwanderer machen, Ängste schüren und Ressentiments bedienen. Er ist weit mehr als eine „knackige Parole" und hat zu Recht

Spott auf sich gezogen. („Ah, stimmt ja: Ich wollte auch schon lange mal wieder fliegen, zum Beispiel nach Griechenland!") Dieselben Politiker, welche solche Sätze gebrauchen, möchten sich zugleich weltoffen geben, indem sie mit einem eindeutigen „Ja zur Freizügigkeit" betonen, dass wir in Deutschland (und auch in Bayern) eine Art Willkommenskultur haben.

In einem ähnlichen Dilemma befinden sich Politiker, wenn sie auf der einen Seite sagen: „Wir benötigen qualifizierte Arbeitskräfte, deshalb begrüßen wir alle Zuwanderer, die hier arbeiten und in unsere Sozialkassen einzahlen." Andererseits stellen sie aber einschränkend fest, dass sie die zuwandernden Menschen nicht vollumfänglich und gleichberechtigt an der Gesellschaft teilhaben lassen möchten. Es widerstrebt dem freiheitlich-demokratischen Grundgedanken, wenn wir zu einem Zuwanderer sagen: „Ja, du bist willkommen, aber nur solange du nach meiner Pfeife tanzt!" Unter solchen Umständen kann sich niemand willkommen fühlen. Und niemand kann seinen Gast willkommen heißen, indem er ihn mit Misstrauen und Vorurteilen „begrüßt". Es sind intelligente Menschen, die zu uns kommen. In ihrem Heimatland pflegen sie eine Gastfreundschaft auf sehr hohem Niveau. Im Gegensatz dazu zeugt es von geringer Menschenkenntnis, wenn man einem Syrer schon an der Landesgrenze explizit die „Hausordnung" und die Konsequenzen von mangelnder Integrationsbereitschaft unter die Nase hält. Es zeugt von fehlendem Anstand und von einem fragwürdigen Gespür für Gastfreundschaft. Ich muss mich aber auch an meine eigene Nase packen, denn wir haben in unserer heutigen Zeit gelernt, von

Grund auf misstrauisch zu sein. Es ist nichts gegen eine gesunde Vorsicht einzuwenden. Trotzdem: Wenn wir eine Willkommenskultur in die Tat umsetzen möchten, dann sollten wir uns auch wie Gastgeber verhalten.

Nicht ohne Grund sprach man früher vom „Gastarbeiter". Das war jemand, den man händeringend gesucht hat und der mit wehenden Fahnen am Bahnhof willkommen geheißen wurde. Dabei denke ich an die Bilder von türkischen und spanischen Gastarbeitern, welche lebhaft in Deutschland begrüßt wurden und die sich seit den 1950er und 1960er Jahren mitunter lebendig und aktiv in unsere Gesellschaft integriert haben. Sie sehen sich heute selbst als (Wahl-)Deutsche und identifizieren sich auch damit. Dies liegt vielleicht daran, dass man sie tatsächlich mit einem herzlichen „Willkommen" empfangen hat. Und sie haben diesen Empfang nicht vergessen! Sie freuten sich über die Möglichkeit, sich eine Existenz aufbauen zu können. Aber sie wollten nicht nur wirtschaftlich partizipieren, sondern sich auch gleichberechtigt und solidarisch am gesellschaftlichen Leben beteiligen.

Ich glaube, dass wir es uns nicht leisten können, uns einerseits als „Willkommenheißer" und andererseits als „Misstrauensschürer" zu verhalten. Echtes Willkommenheißen fängt wohl damit an, dass wir unsere Vorurteile abbauen, unsere „German Angst" unter Kontrolle behalten, auch wenn es für den einen oder anderen naiv klingen mag. Die Bezeichnung „Gutmensch" oder „Willkommensklatscher" ist eine Diskreditierung, eine Missbilligung des guten Willens von Menschen, die freiwillig und mit

herzlichem Engagement den gemeinsam eingeschlagenen Weg lösungsorientiert gehen wollen. Mit solch einer bösen Polemik missbraucht man die Helfer und zieht ihre Arbeit in den Dreck. Die Bezeichnung „Gutmensch" soll dabei aufzeigen, dass das „Gutsein" nur gespielt sei und dass man selbst, wenn es drauf ankäme, gar nicht helfen wolle. Wenn man diese Helfer und Freiwilligen also als „Gutmenschen" bezeichnet, sollte man das Gute „gut" sein lassen und das Propagandistische als „schlecht" erkennen.
Klaus Wowereit, der ehemalige Oberbürgermeister von Berlin, pflegte in einem anderen Kontext zu sagen: *„Ja, ich bin schwul, und das ist gut so."* Analog hierzu sollten wir sagen: *„Ja, wir sind Gutmenschen, und das ist gut so!"*
Wenn uns die Populisten und Schwarzweiß-Denker unbedingt als „Gutmenschen" bezeichnen wollen, dann sind sie – da sie offenbar keine „guten Menschen" sein möchten – eben im Umkehrschluss „schlechtere Menschen". Diese Bezeichnung wäre demnach analog ihrer Denkweise. Wir sollten den Mut haben, die Potenziale unserer europäischen Nachbarn hier bei uns zu fördern, und zwar mittels eines ehrlich gemeinten:

„Grüß Gott und herzlich willkommen in Deutschland!"

Anmerkung: So schwer dieser Satz aktuell – im Mai 2024 – auch zu formulieren ist, wir sollten unseren Unmut aufgrund der mangelnden Aufnahmekapazitäten nicht auf den Zuwanderern abladen und dürfen sie diese Schwierigkeiten nicht spüren lassen. Darüber reden sollte man aber mit allen Beteiligten.

Die Aufnahme müsste allerdings mittels eines organisierten, ordnungsgemäßen und einheitlichen Einwanderungsverfahrens auf europäischer Ebene erfolgen. Natürlich müssen wir wissen, ob sich unter den Flüchtlingen potenzielle Angreifer befinden. Deshalb ist es ebenfalls naiv und ein Zeichen der Hilflosigkeit, einfach die Grenzen zu öffnen und zu glauben, es kämen ausschließlich Hilfsbedürftige zu uns, wenn dies auch mindestens, zu vielleicht 99 Prozent, zutreffen mag. Diese Menschen haben einen weiten Weg hinter sich. Daraus können wir zwei Schlussfolgerungen ziehen:

a) Flüchtende Menschen haben einen qualvollen und entbehrungsreichen Weg auf sich genommen. Dies ist als ein Zeichen ihrer Not und Hoffnungslosigkeit zu werten. Trotzdem sind sie zuversichtlich und versuchen, etwas gegen ihre aussichtslose Situation zu unternehmen. Sie mussten ihre Heimat verlassen, da ihnen durch Krieg bzw. Bürgerkrieg die Existenzgrundlage entzogen wurde. Und sie suchen eine neue Heimat, zumindest so lange, bis sie in ihrer Heimat wieder eine Zukunft finden können.

b) Diese Menschen kommen nicht direkt aus der Nachbarschaft (aus Nachbarländern), was zunächst nicht nachteilig zu werten ist. Jedoch können wir nicht wissen, wer sich – während der langen Reise – unter die Flüchtlingsströme gemischt hat. Attentäter könnten die Anonymität als Tarnung nutzen.

Deshalb sehe ich es als legitim an, dass unser Staat bereits an den europäischen Außengrenzen und an den Landesgrenzen sogenannte „Übergangsbereiche" einrichtet, um sich einen Überblick zu verschaffen. Diese Bereiche sollten nicht nur dazu dienen, die Neuankömmlinge zu kontrollieren, sondern auch die Möglichkeit bieten, sie medizinisch zu versorgen und kennenzulernen. Mit Kennenlernen meine ich, dass es von Interesse sein könnte, wie ein Mensch in seinem Herkunftsland gelebt hat, welches Leid er erlitten hat, wovon er gelebt hat und wie es ihm gesundheitlich geht.

Sicher handelt es sich dabei um vertrauliche Informationen. Diese sollten, unter Berücksichtigung der ärztlichen Verschwiegenheitspflicht, dennoch aufgenommen werden, um den Flüchtlingen individuell helfen zu können. Ebenfalls könnten die Fähigkeiten und Potenziale der jeweiligen Person angegeben und idealerweise mit örtlichen bzw. europäischen Stellenangeboten abgeglichen werden. Für was hat man denn intelligente IT-Systeme, wenn man diese nicht zum beiderseitigen Vorteil nutzt? Auf diese Weise könnten die Neuankömmlinge möglichst schnell, nach Absolvierung eines Sprachintensivkurses, in Arbeit vermittelt werden. Dass dies mangels Organisation, Personal und Planung bislang nicht erfolgt ist, ist offensichtlich. So ist es nicht verwunderlich, wenn sich in bestimmten Stadtvierteln Subkulturen bilden, die eine gelungene Integration verhindern. Dieser Umstand ruft wiederum die Rechtspopulisten auf den Plan, die uns dann triumphierend unser Versagen vorwerfen.

Da müssen wir uns aber auch an die eigene Nase fassen und etwas für die Einwanderer und deren Integration unternehmen! Denn eine gelungene Integration der Flüchtlinge nimmt den rechten Populisten den Wind aus den

Segeln. Dafür müssen wir etwas tun. Allein zu sagen: „Wir schaffen das!", ist nicht genug. Dieser allgemeine Hinweis scheint mir von der Wahlkampfparole Obamas abgeleitet zu sein: „Yes, we can!", was ja wörtlich übersetzt nicht nur „Ja, wir können!" bedeutet, sondern es ist damit gemeint: „Ja, wir schaffen es!" Weil aber aktiv wenig in der Einwanderungspolitik geplant und getan wurde, steht hinter diesen positiven und motivierenden Worten wohl eher der Gedanke: „Ja, *ihr* macht das schon!" – ohne dass sich die zuständigen Politiker selbst daran beteiligen wollen.
Sicher schaffen wir das, aber nur, wenn alle ihren Teil dazu beitragen! Es genügt nicht, wenn die Bürger mittels neuer Steuerlasten zur Kasse gebeten werden. Manchmal kommen mir unsere Politiker vor wie pubertierende Teenies, die depressiv dasitzen und sich nicht motivieren können, so als würden sie sagen: „I hope for a better day." Gewissermaßen nach dem Motto: Macht mir bitte ein Unterhaltungsprogramm, damit ich mich nicht so langweilen muss. Himmel noch mal! Wenn ich einen „Scheißtag" habe und die Zukunft nicht gerade rosig aussieht, dann muss ich mich an den eigenen Haaren packen und aus diesem „öden Scheißtag" irgendwie einen „coolen Scheißtag" machen! Notfalls hilft es, auch mal den Frust hinauszuschreien und dann weiterzumachen. Schöne Reden halten kann jeder, aber mir kommt es fast so vor, als wollten sich einige Politiker zunehmend aus der Affäre ziehen. Sie möchten die Verantwortung gerne an andere abgeben oder ganz einfach die Allgemeinheit in die Verantwortung nehmen.
Natürlich dürfen wir nicht naiv sein und uns verblenden lassen. Tatsache ist, dass alle anscheinend überrascht sind,

wie viele Menschen nach Deutschland kommen wollen. Das könnte auch an einer Fehlplanung der politischen Entscheidungsträger liegen. Denn wenn man viele Menschen ins Land lässt, weil man dies als Chance sieht, dann muss man auch einen konkreten Plan haben, wie diese Menschen in der Praxis ihre Existenz bestreiten können: Wo werden sie unterkommen und wie werden sie ihr Auskommen haben? Von politischer Seite tut man so, als wären wir von der Flüchtlingswelle überrascht, ja überrannt worden. So als hätte man es nicht absehen können, dass es zu Flüchtlingsströmen in diesem Ausmaß hätte kommen können.

Wir wollen doch aber kein politisch unattraktives Land, wie Nord-Korea sein. Ein Land, wo sich niemand zu leben traut, wo es keine Meinungsfreiheit, geschweige denn die Freiheit der Religionsausübung bzw. Freiheit durch Wahlen gibt. Wenn wir also ein demokratisch freies Land sind, dann lasst uns diese Attraktivität doch auch dazu nutzen, dass nicht nur Einwanderer, sondern natürlich auch wir selbst, aus unserer Attraktivität Nutzen ziehen!
Was liegt näher als das?
Angeblich bestünde die Gefahr, den internationalen Frieden zu gefährden, weil wir anderen Ländern unser Demokratiemodell aufzwingen würden. Dass der Export unseres sensationellen Erfolgsmodells – nämlich unseres Grundgesetzes – kein Gegensatz zum Frieden zwischen den globalen Staaten sein kann, das liegt doch auf der Hand. Wenn wir also unser Demokratiemodell, welches sich in Toleranz gegenüber Minderheiten ausdrückt und Freiheiten für Menschen jeglicher Herkunft garantiert, etc.

– wenn wir diese Freiheit ins Ausland exportieren wollen, dann dürfen wir nicht „missionieren", sondern können selbstbewusst die Vorteile unseres Modells anbringen und die Erfolge aufzählen: Nämlich, dass dieses Grundgesetz, welches unseren Staat prägt, unsere Freiheit, unser soziales Miteinander und unser gutes Zusammenleben erst möglich machen. Und dass es deshalb ein Modell für einen globalen Frieden sein kann. Dazu gehört selbstverständlich, dass wir uns auch selbst an die festgeschriebenen Werte halten. Ich denke manchmal, dass wir uns dessen, diesem Schatz, welche unsere Elterngeneration mit dem Grundgesetz gelegt haben, gar nicht bewusst sind. Denn darin liegt das Geheimnis, wie man Autokraten und Antidemokraten das Handwerk legen kann. Warum kommen nun so viele Menschen in unser Land, warum zählt Deutschland zu den attraktivsten Ländern der Welt? Wir sind von der Staatsform her ein Erfolgsmodell. Lasst uns das nicht kaputtreden. Wir haben das Potenzial diese „freiheitliche Power" zu exportieren, ohne sie jemanden aufzwingen zu müssen. Kein Mensch will einen Krieg, sondern nur mit seinen Freunden und seiner Familie in Frieden und Freiheit leben und arbeiten. Die Attraktivität von Deutschland liegt also in dem Grundbedürfnis aller Menschen! Diese Attraktivität von Frieden und Freiheit steht demnach nicht nur in unserer Verfassung, sondern liegt im Herzen aller Menschen. Warum also sollten wir denn dann Angst (vor Fremden) haben?

Wenn Sie mir eine pauschale Aussage gestatten: Wir Münchner sind weltoffen und halten uns an den Grundsatz „Leben und leben lassen". Ich glaube, dass die Hilfsbereitschaft der Münchner auf diesem Grundsatz fußt. Sie wird in ihren Grundfesten auch nicht zu erschüttern sein, unabhängig davon, wie viele Migranten noch zu uns kommen werden. Vor unserem geschichtlichen Hintergrund wird es die Sympathie mit den Flüchtlingen immer geben. Zunehmen wird vermutlich aber das Misstrauen gegenüber Politikern, die sich mehr oder weniger tatenlos mit der Toleranz und Hilfsbereitschaft ihrer Bürger schmücken.

Der unkoordinierte Umgang mit den Flüchtlingsströmen ist ein deutliches Beispiel für die Unfähigkeit der EU. Auf europäischer Ebene wurden von Anfang an keine verbindlichen Vorgaben gemacht. Bei der Aufnahme neuer Mitglieder sollte die Europäische Union nicht nur die Verteilung von Geldern und Benefits (Wohltaten) an wirtschaftlich schlechter gestellte Mitgliedsstaaten im Blick haben. Im Gegenzug für die Aufnahme müsste die EU diese Länder auch dazu verpflichten, sich an gemeinschaftlichen Belastungen zu beteiligen, beispielsweise im Hinblick auf eine Quotenverteilung von Flüchtlingen (speziell gemeint sind hier Ungarn und Polen). Eine Gemeinschaft – sei es eine Familie oder auch ein Staatenverbund wie die EU – kann nur funktionieren, wenn sich jedes Mitglied an die Spielregeln hält, die für alle in gleichem Maße gelten.

Wenn die EU diese festen Spielregeln von Anfang verbindlich festgelegt hätte, gäbe es vermutlich auch weniger Probleme bezüglich der Schuldenlast Griechenlands. Eine Zeitlang berichteten die Medien fast täglich über die Staatsverschuldung Griechenlands. Nach der Wiederwahl von Tsipras im September 2015 ist dieses Thema jedoch aus dem

Nachrichtenfokus nahezu verschwunden. An seine Stelle trat das Flüchtlingsthema. Die aktuellen Herausforderungen infolge der Flüchtlingswelle und die Probleme bezüglich der Schuldenlast Griechenlands hängen vermutlich mit einer grundsätzlichen Fehlorganisation auf EU-Ebene zusammen, verbunden mit dem Mangel einer gemeinsamen verbindlichen europäischen Grundlage bzw. vielmehr dem Fehlen gemeinsam geltender Regeln, welche für alle EU-Mitgliedsstaaten einheitlich anzuwenden und durchzusetzen sein müssten. – Fehlanzeige!

Der deutsche Staatsbürger wird sich zwangsweise als belastbar und leidensfähig erweisen müssen. *(Dies schrieb ich bereits im Januar 2016!)* Infolge der Fehler auf EU-Ebene und wegen des Missmanagements der deutschen Politik werden zukünftige steuerliche Belastungen unvermeidlich sein. Aber ein „Durchschnittsdeutscher" (sofern es diesen gibt) wird vermutlich erst auf die Straße gehen, wenn er sich das Autofahren und den Urlaub nicht mehr wie gewohnt leisten kann. Ergänzung vom 15.03.2023: Er wird auch dann vehement demonstrieren, wenn er sich sein Haus wegen der höheren Grundsteuer und der gestiegenen Heizkosten nicht mehr leisten kann.

Ein „guter Deutscher" im Sinne der Politik ist ein guter Steuerzahler, der nicht aufmuckt. Also bekommen wir über die Nachrichten immer neue Ablenkungsmanöver aufgetischt, damit wir eine Beruhigungspille schlucken, welche uns von kritischem Denken und von künftigen Steuererhöhungen ablenken soll. Selbst „Gutmenschen" haben dies verstanden.

Wir haben nicht nur für uns selbst Verantwortung, sondern auch für unsere Gäste, denn wir tragen dafür Sorge, dass es uns *allen*, so weit wie möglich, gut geht. Das hat viel mit Liebe und Lebenswertem zu tun.

„Gut ist, was einem liebens- und lebenswerten Miteinander dient!"

Anmerkung aus dem Jahr 2024:
Dass sich die ganze Migrationsproblematik nach dem 24.02.2022 (Einmarsch der russischen Armee in die Ukraine) wiederholt, konnte ich im Januar 2016 noch nicht wissen, geschweige denn erahnen. Die Frage der Versorgung, der Unterbringung als auch der Integration von ukrainischen Geflüchteten ist jedoch nicht minder herausfordernd. Ich hätte mir Ende 2015 nicht träumen lassen, dass Deutschland nur sieben Jahre später erneut einer solchen Ausnahmesituation ausgesetzt sein würde. Welche Auswirkungen diese Einwanderungsströme wohl auf unser Leben, unsere Demokratie, auf unsere Politik haben werden? Jetzt ist es so, dass unsere Politiker (vielleicht aus moralischen, vielleicht aus energiepolitischen Gründen) auf günstige Gaslieferungen aus dem Osten verzichten. Damit schneiden wir unserer Wirtschaft und den Menschen in unserem Land ins eigene Fleisch, weil uns diese Entscheidung wirtschaftlich und vielleicht auch energiepolitisch schädigen wird.

Die Politiker sehen nur die energiepolitischen und moralischen Argumente und nehmen wirtschaftliche Armut in

Kauf. Sie vergessen, dass sie dadurch die wirtschaftliche Entwicklung, den ökonomischen Fortschritt in unserem Land ausbremsen. Ob ärmere Bürger und ein Großteil des Mittelstandes ebenfalls wirtschaftlich geopfert werden, wird sich in den nächsten Jahren (ab 2024) zeigen.

Rechtfertigung von Gewalt durch Religion?

Diesen Text schrieb ich am 14.11.2015 – Ich wurde beim heutigen Wiederlesen von der Aktualität des Themas überrascht.

„Einfache Köpfe" pauschalisieren gerne und machen sich „einfache Vorurteile" zunutze, um dann vorschnelle Urteile zu fällen. Woher kommt die mitteleuropäische Angst vor „dem Islam"? Der Krieg im Nahen Osten und an anderen Orten der Welt könnte zu einem fatalen Missverständnis der islamischen Religion führen. Es könnte der Eindruck entstehen, dass es in der islamischen Religion darum gehe, ein (Selbst-)Morden zu rechtfertigen, welches zum Ziel habe, politische Macht mit Gewalt zu erlangen. Und dies durch die missbräuchliche Anwendung eines religiösen Textes, des Korans. Vor diesem Hintergrund frage ich mich: Wie tief sind wir eigentlich gesunken? Es gibt keine Religion, welche das Töten von Menschen rechtfertigt. Der Begriff Religion sagt mir vielmehr, dass es sich hierbei um etwas Menschenfreundliches handeln muss, nicht um etwas Menschen- und Lebensfeindliches. Andernfalls wäre es keine Religion, sondern eher eine Art Kriegsmanifest.

Als ich 1982 meinen Dienst bei der bayerischen Bereitschaftspolizei antrat, konnte ich mir kaum vorstellen, dass sich ein Fanatiker bei einem Attentat selbst in die Luft sprengt, um eine möglichst hohe Anzahl an unschuldigen Opfern zu töten. Soweit ich mich erinnern kann, kam so etwas damals kaum vor, zumindest nicht in dem extremen Ausmaß wie in unserer jetzigen Zeit. Für mich war und ist es unvorstellbar, dass Menschen in einem derartigen Wahn ihr eigenes Leben vernichten, um möglichst viele andere mit in den Tod zu reißen. Das ist durch absolut nichts zu rechtfertigen, schon gar nicht durch eine Religion. Es ist, um im religiösen Bereich zu bleiben, des Teufels Werk, weil es kaum hinterhältiger geht. Ich kann mir auch nicht vorstellen, dass eine Religion ihre Anhänger „lehrt", zu Selbstmordattentätern zu werden und das eigene Leben auf grausame Weise einem „höheren Ziel" zu opfern. Es wäre makaber und zynisch zugleich.

Nach meinem Verständnis kann ich sagen: *Es gibt nichts Wertvolleres als das, was wir sind. Es gibt nichts Wertvolleres als das, was unser eigenes Bewusstsein, unser eigenes Leben ausmacht. Es übersteigt jeden materiellen Wert.*

Dieses eigene Leben ist für nichts zu opfern, außer vielleicht für das Leben von geliebten Menschen. Das Ziel eines solchen Opfers wäre aber, dieses geliebte Leben zu schützen und zu erhalten. Der Zweck bestünde dann **nicht** darin, möglichst viele Menschen mit in den Tod zu reißen. Terroristen könnten argumentieren, dass ihre Liebe – etwa zum Koran oder zum islamischen Gottesstaat – das Opfer des eigenen Lebens und den Tod von Unschuldigen fordere. Was aber soll mit diesem Opfer geschützt werden? Welchem Teufel soll hier geopfert werden?
Wem dient der Tod von Unschuldigen?
Niemandem!

Terroristen verdammen sich mit ihren Taten selbst. Terroranschläge sind durch nichts auf dieser Welt zu rechtfertigen und auch durch nichts zu entschuldigen. Sie sind Ausdruck einer menschlichen Apokalypse, eines menschlichen Untergangs. Ausdruck eines Wahnsinns und einer teuflischen Verachtung menschlichen Lebens.

Meines Erachtens wäre es sinnvoller, nach Gemeinsamkeiten zwischen dem Islam und der Christenheit zu suchen, anstatt die Unterschiede populistisch herauszustellen und dadurch Unfrieden zu stiften.

***

Wir sollten uns davor hüten, Hass gegen die islamische Religion zu entwickeln. Ich vermute, dass die jungen Attentäter selbst in gewisser Weise Opfer ihrer Terrorpaten wurden. Daher sollte es in jeder Religion aufklärende, gemäßigte Mitglieder oder Anführer geben, die von Toleranz und Weltoffenheit geprägt sind, und zwar trotz oder eben gerade wegen ihres Glaubens. Überall in der islamischen Welt sollte jedes Kind wissen, dass der Islam eine Religion des Friedens ist, wie jede andere Religion auch, und dass Menschen nur eine Zukunft haben, wenn sie in Frieden miteinander leben können.

Allerdings muss uns klar sein, dass die Liebe zu Gott in jeder theistischen Religion als oberstes Gebot gilt. Dies bedeutet aber im selben Atemzug, dass jeder Gläubige seine Mitmenschen lieben und verstehen soll. Man muss Terroristen nicht in diesem Sinne „verstehen". Aber kein Mensch wird als Terrorist geboren.

Der Gott des Islam sagt, genau wie der Gott der Christen, dass er die Menschen liebt, und zwar jeden Menschen. *Gott will, dass alle Menschen in Frieden leben.*

Es gibt keinen „Krieg der Religionen", weil Gott den Krieg in seiner Vorstellung vom menschlichen Zusammenleben nicht vorgesehen hat. Wenn es dennoch Krieg und Terror gibt, so hat dies nichts mit einer Religion zu tun. Krieg kann nicht von einer Religion befohlen werden. Krieg wird von Menschen befohlen und organisiert, *welche selbst nicht an der Front kämpfen*, geschweige denn sich opfern (würden). Krieg wird aus Machtgründen, aus politischen und wirtschaftlichen Motiven geführt. *Die Soldaten sind Kanonenfutter und werden schließlich selbst dem Wahnsinn geopfert. So wie alle Menschen, welche der Krieg vernichtet.* Müssten die Befehlshaber selbst an der Front stehen und kämpfen, gäbe es keine Kriege. *Krieg funktioniert nur, wenn eine höhere Gewalt Menschen dazu zwingt, andere Menschen zu bekämpfen.*

Ich bin der festen Überzeugung, dass die meisten Menschen in Frieden mit ihren Nachbarn und mit ihrer Familie leben wollen! Nur der irre Wahn von psychisch kranken und machtbesessenen Befehlshabern, gepaart mit einem manipulativen Kalkül, will die Menschen glauben machen, dass Krieg und Mord aus religiösen oder ideologischen Gründen notwendig seien. Welcher Vorteil ist, historisch gesehen, durch Kriege entstanden? Keiner. Nur kaputtes Land und traumatisierte Menschen, welche ihre Traumata an nachfolgende Generationen weitergeben.

Die Menschen sind – so meine Überzeugung – nicht mehr so dumm, sich aus freien Stücken als „Kanonenfutter" verheizen zu lassen. Sie wissen in ihrem Innern, dass Krieg und Religion in keinem Fall miteinander zu vereinbaren sind. Wenn sie Zugang zum Internet und zu kritischen

Medien haben, können sie die Kriegspropaganda durchschauen und müssen nicht alles glauben, was ihnen die Staatsmedien berichten, obwohl das Internet auch überall auf der Welt manipulativ sein kann. An dieser Stelle möchte ich die deutschen Medien kritisieren, welche sich vermutlich zunehmend auf fragliche Einschätzungen stützen, um die Meinungsbildung in eine bestimmte Richtung zu lenken, anstatt beweisbare Fakten zu liefern. Ein Beispiel hierfür: Anfang März 2023 wurde in den Nachrichten mitgeteilt, dass die Nordstream-Sprengungen angeblich von einem Sechser- oder Achter-Nichtregierungstrupp aus der Ukraine per Taucher und Segelboot durchgeführt worden seien. Allerdings wurde auch gesagt, dass man die mutmaßlich beteiligten Personen noch nicht kenne und man ein Boot untersuche, auf welchem man entsprechende Sprengstoffspuren gefunden habe. Es wurde verdeutlicht, dass es sich lediglich um einen Verdacht handle. Kann man von einer seriösen Berichterstattung sprechen, wenn Verdachtsmomente dargelegt werden, um die Zuschauer in eine bestimmte Richtung zu lenken? Und um etwaige Verdächtigungen gegenüber den USA im Keim zu ersticken? *Von einer seriösen Berichterstattung erwarte ich keine Vermutungen oder Verdächtigungen, sondern beweisbare Fakten.*

Aber zurück zur Religion. *Religion ehrt Gott und damit die friedliche Koexistenz aller Menschen, unabhängig von ihrer Hautfarbe, Religion oder Neigung.* Ich bin der festen Überzeugung, dass dies fast jedem Menschen, ob jung oder alt, tief in der Seele bewusst ist. Terrorcamps, in denen Menschen zu Attentätern ausgebildet werden, dürfen in Zukunft nicht mehr entstehen, geschweige denn existieren. Es sind Inseln des Terrors, Vorboten des Verderbens und Vorhöfe zur Hölle. Junge Menschen werden dort systematisch ihrer Menschlichkeit beraubt und zu Todesengeln „ausgebildet". Diese Art der Verblendung ist wohl das Schlimmste, was man einem jungen Menschen antun kann: ihm einen Platz im Paradies zu versprechen, weil er angeblich als Märtyrer einem „höheren Ziel" dienen würde. Auf diese Weise werden Menschen zu Sklaven des Terrors gemacht, ihren Familien entrissen und ihrer Zukunft beraubt.

Was die Attentäter von Paris getan haben, ist schlimm, es ist absolut zu verurteilen. Es gibt aber auch eine Entstehungsgeschichte des Terrors. Keiner dieser jungen Männer stand eines Morgens auf und sagte sich: „So, jetzt machen wir mal eine Terror-Party." Vermutlich sind sie einen langen, wohl auch sehr leidvollen Weg gegangen, bevor sie zu Attentätern wurden. Welcher Druck muss auf sie ausgeübt worden sein? Welche irrigen Versprechungen wurden ihnen gemacht? Nicht diese jungen Männer sind die Haupttäter oder die Hauptschuldigen. Es gibt gewiss mehrere geistige Brandstifter und Anstifter, die sie zu ihren Taten verleitet haben. Sie haben sich mit der Grausamkeit ihrer Taten nicht auseinandergesetzt, weil man ihnen erklärte, sie müssten ihr eigenes Leben für Allah geben und an der Bekämpfung der „Feinde" mitwirken. Ihr Leben wurde genauso vernichtet wie das ihrer Opfer. Wie sinnlos! Wie grausam! Für beide Seiten!

Weitere Notizen,
geschrieben zum Jahreswechsel 2015/2016

In Deutschland leben derzeit einige Hundert gewaltbereite Islamisten, während es in Frankreich angeblich an die 3.000 sein sollen. Das Anschlagsrisiko war demnach in Frankreich immer höher als in Deutschland. Was aber, wenn Frankreich nun aufgrund der vergangenen Attentate härtere Maßnahmen ergreift, um künftige Anschläge zu verhindern oder zu erschweren? Sind dann die deutschen Großstädte in Gefahr, ebenfalls zu Anschlagszielen zu werden?

Das Fatale ist: Falls es in Deutschland einen Terroranschlag geben würde, welcher mit der derzeitigen Zuwanderungswelle in Verbindung gebracht werden könnte, so wäre dies ein Nährboden für die selbsternannten „Kämpfer gegen die Islamisierung des Abendlandes" (Pegida). Allein die Bezeichnung dieser neuen rechtspopulistischen Bewegung ist wohl dem Mittelalter entlehnt, als es noch christliche Kreuzzüge gab. Keiner dieser Propagandisten und Rattenfänger weiß anscheinend, was die Werte dieses „christlichen Abendlandes" im Grunde sind.

Christlich zu sein bedeutet:
- gegenseitigen Respekt üben,
- christliche Nächstenliebe leben,
- ein friedliches Miteinander ermöglichen, geprägt von Toleranz und gegenseitiger Achtsamkeit.

Nächstenliebe bedeutet nicht, dass wir naiv die andere Backe hinhalten sollen, wenn wir geohrfeigt werden. Wir dürfen uns wehren. Lynch- und Selbstjustiz ist jedoch nicht erlaubt. Die Anhänger der neuen rechten Bewegungen scheinen diese Form der Vergeltung allerdings für angebracht zu halten. Doch „wehren" können wir uns nur, indem wir einander helfen und zusammenhalten. Dabei ist jeder Einzelne gefragt. Wir dürfen die Verantwortung nicht auf andere abwälzen.

Unsere Kanzlerin hat es richtig gesagt: Es ist wahr, dass wir es schaffen werden. Die Betonung liegt meiner Ansicht nach jedoch auf dem *Wir*! Selbst der Rat der Wirtschaftsweisen macht darauf aufmerksam, dass die Zuwanderer einen Gewinn für uns bedeuten, wenn wir sie schnellstmöglich in die Arbeitswelt integrieren. Das ist bei einer Vielzahl an jungen Einwanderern auch vorstellbar. Wir stellen uns aber selbst ein Bein, wenn diese Arbeitsintegration durch bürokratische Auflagen und komplexe Genehmigungsverfahren zu lange dauern. Und es wird auch zunehmend schwerer, wenn wir die Einzigen in Europa sind, die an dieses menschliche „Wir" – an diesen Zusammenhalt – glauben.

Was hat Liebe mit Terror zu tun?

Zunächst möchte ich kurz und sachlich beschreiben, was Liebe ist. Liebe besteht aus mehreren (nicht abschließend aufzählbaren) Komponenten, nämlich aus:

- Glaube
- Hoffnung
- Mut
- Fürsorge
- Zuneigung
- Freundschaft
- Zuhören
- Geduld
- Zusammenhalten
- Treue
- Solidarität, Beistehen u. v. m.

Weil aber die Komponenten, aus welchen die Liebe besteht, wohl niemals abschließend aufgezählt werden können und weil die Liebe nicht allein aus einem Sammelsurium von Unterbegriffen erklärbar ist, könnte es sich lohnen, noch weitere Gedanken über die Liebe anzustellen. Es gibt wohl kaum einen Begriff, der für so viele Gemütszustände, Beziehungsbeschreibungen und Werbesprüche herhalten muss wie „Liebe".
Doch woher kommt sie?
Was bedeutet Liebe?

Und last, but not least: Gibt es sie wirklich?
Liebe wird immer wieder neu erfunden durch den jeweiligen Zeitgeist und die entsprechenden Vorstellungen, Erwartungen und Wünsche der Menschen. Daher muss die Liebe stets neu definiert und neu geschaffen werden, denn durch die menschliche Fantasie existiert sie in zahlreichen Ausprägungen. Jedenfalls muss es sich bei der Liebe um etwas Weitreichendes, etwas überaus Bedeutendes und Wertvolles handeln. Darauf lässt zumindest die mehrheitliche Auffassung schließen.
Handelt es sich bei der Liebe nur um eine Imagination, ein gedankliches Gerüst, aus dem wir Kraft schöpfen, so wie wir aus der Hoffnung neuen Lebensmut ziehen? Hoffnung ist die innere Gewissheit, dass etwas Positives unmittelbar eintreten wird, verbunden mit dem Glauben, dass dieses Positive zum Greifen nahe liegt. Diese hoffende Gewissheit gibt uns Kraft, bis zum Letzten durchzuhalten.
Was ist die Liebe in ihrer stärksten Form?
Niemand hat mehr Liebe als der, der sein Leben gibt für andere. So steht es in der Bibel.
Was hat diese Art der Liebe nun mit Terror zu tun? Diesbezüglich lässt sich nur spekulieren: Kann es sein, dass die Attentäter von Paris ihr Leben opferten, weil man ihnen einbläute, sie müssten „aus Liebe" ihr Leben für ein grausames Morden hingeben, um dem „höheren Ziel", ihrem islamischen Gottesstaat, zu dienen? Selbstmorden und Morden – aus Liebe? Aber wem dient diese Liebe?
Man kann die „Liebe" komplett falsch verstehen. Denn der Liebende sollte immer den Zweck und das Ergebnis seiner Liebeshandlung feststellen und hinterfragen können. Vor

dem Hintergrund der Terroranschläge in Paris drängt sich unweigerlich die Frage auf: Wem dient der Tod von 130 Menschen? Die Antwort lautet: niemandem! Keine Religion, kein Gesetz, keine Verfassung, kein Glaube, weder ein Gott und schon gar keine Vernunft können den Tod von unschuldigen Menschen rechtfertigen. Diese grausamen Taten dürfen uns nicht dazu verleiten, die Mauern hochzuziehen.

Ich bin beeindruckt, mit welcher Kraft Frau Merkel ihren Standpunkt gegen Kritiker aus den Reihen der Union durchsetzt. Denn sie hat recht, wenn sie sagt, dass *wir* es schaffen werden. Und sie hat auch recht, wenn sie hinzufügt, dass es uns einige Anstrengungen kosten wird. Dass ihre Kritiker aus der CSU falschliegen, lässt sich leicht beweisen. Sie bedienen einfache Parolen vom rechten Rand, weil sie selbst keine bessere Lösung, keine Alternative sehen als nationale Zuwanderungsobergrenzen.

Frau Merkel möchte eine europäische, auf die einzelnen Länder verteilte „Kontingentlösung". Dadurch wäre eine europaweite und flexible Zuwanderungsbeschränkung möglich. Wenn die Politiker der CSU uns sagen, dass wir uns nicht in unserem Lebensstil und in unserer Freiheit einschränken lassen dürfen, dann müssen sie auch Frau Merkel recht geben. Denn ihr Umgang mit der Terrorismusproblematik beweist Mut und zeigt, dass wir uns in unserer Lebensweise tatsächlich nicht einschränken lassen wollen. Dass wir keine Angsthasen sind, sondern uns dem Problem stellen, nicht die Schotten dichtmachen und auch nicht den Kopf in den Sand stecken. Frau Merkel beweist Mut. Sie bietet den Terroristen die Stirn, indem ihre

politische Haltung uns mitteilt: Lasst euch nicht beeindrucken, habt keine Angst, macht eure Sache weiter!
Jede Form der Einigelung, des Verbarrikadierens (z. B. durch erzwungene HIV-Tests bei Flüchtlingen) zeigt, wie viel Freiheit wir uns selbst nehmen und wie viel Angst wir haben. Damit hätte die Einschüchterungstaktik der Terroristen ihr Ziel erreicht. Selbst wenn mit den Flüchtlingsströmen auch potenzielle Terroristen ins Land kämen: In einem freien Land gibt es ein solches Risiko, es ist schwierig für die Sicherheitsleute – und trotzdem haben wir vielfach Leben gerettet! Wir haben zahlreiche Flüchtlinge vor dem sicheren Tod in ihrer Heimat bewahrt. Diese Menschen sind nicht weniger wert als unsere Landsleute. In einer globalisierten Welt sind sie unsere Nachbarn. Sie haben in ihrer Heimat ebenfalls Bildung erworben, sie bringen den Willen mit, weiter zu lernen und etwas in ihrem Leben zu erreichen.
Auch wenn Sie diese Betrachtungsweise als naiv ansehen, es ist aus meiner Sicht immer aussichtsreicher, das Glas als halb voll zu beschreiben als halb leer, ganz einfach um dem Hass und der negativen Stimmung entgegenzuwirken. Wenn man in den hierherkommenden Menschen friedliche Mitmenschen sieht, welche sich mit uns anfreunden wollen, dann erst kann man auch Positives von ihnen erwarten. Wir dürfen uns die negativen Nachrichten und die negative rechte Stimmungsmache nicht zu eigen machen und uns von eigenen negativen Gefühlen leiten lassen. Wir wissen doch ganz genau, wie die Sensationspresse funktioniert. Wer schreibt denn noch von den positiven Erfahrungen, welche mit jungen Zuwanderer/innen gemacht wurden?

Wieso muss immer gehetzt und Stimmung gemacht werden? Weil dies für uns eingängiger ist und viel leichter in unser pessimistisches Bild von Immigranten passt? Weil wir es ja schon immer gewusst haben und uns nun durch diese negativen Berichterstattungen bestätigt fühlen? Das ist Kriegswahrheit, aber nicht die Wahrheit eines friedlichen Zusammenlebens!

Die Wahrheit ist, dass der Großteil der Menschen in Frieden mit deren Familie und Freunden leben will. Wer nur das Negative in den Menschen sieht, wird auch nur das Negative erwarten können. Solange wir Waffen exportieren, tragen wir eine Mitverantwortung für die Flüchtlingsströme. Wir müssen uns nicht wundern, dass wir eine entsprechende Antwort erhalten, wenn wir uns im Nahen Osten am Kampf gegen den Terrorismus beteiligen – in welcher Form auch immer. Scheinbar haben wir nicht bedacht, dass wir uns dadurch massiv in ausländische Machtverhältnisse einmischen, die wir in ihrer Komplexität verkannt haben. Daraus entwickelte sich ein Stellvertreterkrieg, bei dem kaum noch erkennbar ist, wer gegen wen kämpft und wer welches Motiv verfolgt. Denn der Stellvertreter kann, je nach eigener Vorteilslage, auch mal die Seite wechseln und seinem Auftraggeber den Rücken kehren. Das Ganze kann schnell unkalkulierbar werden.

Nachträgliche Bemerkungen (2024):
Diesen vorhergehenden Text schrieb ich Anfang 2016. Und es scheint so zu sein, dass sich meine damaligen Schlussfolgerungen ebenso auf den (Stellvertreter-)Krieg in der Ukraine anwenden lassen, der am 24.02.2022 seinen Anfang nahm.

Die russische Armee vertritt nach meiner Auffassung nicht das russische Volk, sondern deren Diktator. Die ukrainische Regierung vertritt meiner Ansicht nach ebenso wenig das ukrainische Volk, sondern verfolgt eigene wirtschaftliche Interessen; sie lässt sich vom Westen steuern und beeinflussen. Unsere freiheitlich-demokratischen Werte werden nicht in der Ukraine verteidigt. Diese gelten vorwiegend auf deutschem Boden und sind zuallererst hier, in unserem eigenen Land, zu verteidigen. (16.03.2024)

***

Man muss der damaligen Regierung Merkel aber auch vorwerfen, dass sie oft zu abwartend war und erst dann handelte, wenn es, wie sie es selbst beschrieb, „alternativlos" gewesen sei. Vorausschauendes, zukunftsgerichtetes und nachhaltiges Regierungshandeln war damals wie heute nicht vorhanden. Man versucht in der Politik die momentane Stimmung aufzugreifen, um keine Wähler zu verlieren. Ein zukunftssicherndes Regieren, zum Wohl der Bevölkerung, existiert weder jetzt noch hat es damals existiert. Und zwar aus Gründen der Interessen von Lobbyisten, wegen populistischer Stimmungsmache und nicht zuletzt aus rein parteipolitischen Machtinteressen. (28.10.2023)

***

Es scheint mir bei allen Politikern ein großer Mangel an Charakter, Ehrlichkeit und nicht zuletzt an ethischen Werten bzw. Moral vorzuherrschen. Sie dienen ihrem eigenen Wohl, ihrer eigenen Polemik, ihrer eigenen Macht und ihrem eigenen Geldbeutel. Wir müssen zusehen, dass wir uns an diesen „Vorbildern" kein Vorbild nehmen und uns nicht von deren negativem Menschenbild beeinflussen lassen. Damit meine ich alle Politiker aller Parteien. Wir müssen stattdessen der Gemeinschaft bzw. der Gesellschaft ein positiveres Menschenbild entgegensetzen. Das allein gebietet das „Prinzip Hoffnung"! (29.10.2023)

***

„Liebe" ist eine Weltsprache,
welche jeder Mensch verstehen müsste.

„Liebe" ist der Grund, warum Menschen
verrückte Dinge tun, manchmal ohne zu wissen,
was der Sinn und das Ergebnis ihrer Liebe ist.

Opferkonkurrenz

Wenn ein Mensch keine Erwerbsmöglichkeit hat und sich mit Hartz IV über Wasser halten muss, fühlt er sich vermutlich von der Gesellschaft benachteiligt. Besonders für Menschen im fortgeschrittenen Alter gestaltet sich die Suche nach einem Arbeitsplatz zunehmend schwierig. Dazu kommt die Sorge, dass die eigenen Kinder beruflich womöglich auch kein Auskommen haben werden und somit ebenfalls in die Sozialhilfe rutschen könnten. Für einen Menschen, der sich in einer solchen Lage befindet, stellen einwandernde Flüchtlinge zunächst keine Bereicherung, sondern vielmehr eine Konkurrenz dar, da die eigenen Versorgungsmöglichkeiten wie bei diesen eingeschränkt sind. Experten sprechen hier von einer „Opferkonkurrenz".
Die Politiker sollten dieser möglichen Ursache für Rechtsradikalität und Ausländerfeindlichkeit auf den Grund gehen. Es wäre falsch, zu denken, ich nähme die Rechtsradikalen damit in Schutz. Aber könnte es nicht sein, dass es einem Teil der Menschen, die sich zu den neuen Rechten und Patrioten zählen, finanziell nicht ganz so gut geht? Womöglich mangelt es ihnen an Bildungs- und Qualifizierungsmöglichkeiten, weil sie sich in einer strukturschwachen Umgebung befinden und darum selbst um ihre Eigenständigkeit und um ihre Identität kämpfen müssen. Die Parteien und Bewegungen am rechten Rand geben diesen Menschen, welche nach einfachen Lösungen suchen und für simple Parolen empfänglich sind, eine neue „Heimat".

Wenn ein Mensch finanziell bessergestellt ist, wäre es für ihn einfach, den Flüchtlingen zu sagen: „Kommt her, wir geben euch etwas ab, weil wir selbst gut versorgt sind." Aber selbst wohlsituierte Menschen reichen den Flüchtlingen oftmals nicht die Hand. Sie machen sich nicht die Mühe, nachzudenken. Stattdessen lassen sie sich von einfachen Parolen und Schlagwörtern einfangen.

Halt! Lassen wir uns hier nicht verblenden und es erst gar nicht so weit kommen! Ich bin kein Historiker, aber mir ist bekannt, dass es immer schon Flüchtlingsströme und „Wanderungen" gegeben hat. Diese führten dazu, dass sich die Menschen in jeder Hinsicht „näherkamen". Und wenn uns etwas „nahe" ist, dann haben wir keine Angst davor. Im Gegenteil: Was uns „nahe" ist, das können wir sogar anfangen zu lieben. Und dieses Gefühl wiederum könnte uns verbinden. *Wir sollten neugierig aufeinander zugehen.* Auf diese Weise greifen wir fremde Traditionen auf und vermengen sie mit unseren eigenen Bräuchen, sodass wir einige Jahrzehnte später den „gemischten Brauch" als originär und schon immer dagewesen ansehen. Schließlich wird es uns gar nicht mehr bewusst sein, woher der neu entstandene Brauch ursprünglich gekommen ist und dass dieser gar nicht so jung ist, sondern auf einer alten Tradition beruht (z. B. „Halloween").

Ein menschlicher „Zweig" kann meines Erachtens nur dauerhaft überlebensfähig sein, wenn er sich mit einem anderen, unterschiedlich gearteten menschlichen „Zweig" verbindet. Man sagte früher auf dem Dorf: „Es wäre gut, wenn mal wieder frisches Blut reinkäme." Schon damals wusste man, dass die Vermehrung innerhalb eines engen

Abstammungskreises bestimmte Krankheiten begünstigen kann. Woher kommt eigentlich unsere Angst vor anderen Kulturen? Haben wir Angst, man könnte uns etwas wegnehmen? Haben wir Angst, die anderen könnten genauso schlecht denken wie wir, vielleicht sogar noch schlechter? Von dieser Angst sollten wir uns nicht beirren lassen. Wenn ein Mensch mit strahlender Stimme ins Radiomikrofon ruft: „Danke, Deutschland, danke vielmals, daaanke!", dann wissen wir, wir machen das Richtige.

Jetzt haben wir die Gelegenheit, der Welt zu beweisen, dass wir aus unserer Vergangenheit (Zweiter Weltkrieg) gelernt haben. Dass wir eine Nation von friedenliebenden Menschen sind und dass wir durch unser Handeln zeigen wollen, wie ernst wir es mit dem Frieden meinen. Wir sollten uns stets vergegenwärtigen, welche Not in den Kriegsgebieten herrscht. Und wir sollten daran glauben, dass die zuwandernden Menschen uns letztlich bereichern werden, auch wenn es ein mühevoller Weg sein wird. Wir können von ihnen lernen. Vielleicht nehmen uns diese Menschen in bestimmten Bereichen einen Teil der Arbeit ab, die wir selbst nicht mehr gut schaffen, beispielsweise in der Medizin oder in der Pflege. Aber nicht nur dort, sondern auch in anderen Berufsfeldern, in denen wir professionelle Arbeitskräfte benötigen, etwa im kulturellen oder sozialen Bereich.

Man kann nicht generell über Geflüchtete urteilen, aber wir dürfen überzeugt davon sein, dass sie das Gleiche für uns tun würden.

Jeder Mensch ist einmalig und ein Individuum. Und überall auf der Welt gibt es solche und solche Menschen. Allein diese Tatsache sollte uns demütig werden lassen und zum Staunen bringen. Wir sollten unseren Ängsten keinen Raum geben. Wenn wir in einem Fremden nur unsere eigenen Ängste sehen, dann verkennen wir die Kostbarkeit jedes einzelnen Individuums.

Das Kostbarste, was wir haben, ist unser eigenes Leben. Wir können nur für uns selbst herausfinden, wer wir sind. Nur wir können unser Bewusstsein, unsere eigene Identität einschätzen und deren Wert erkennen.

Dieser Wert der „Eigenidentität" sollte uns klarmachen, dass das Leben eine positive Kraft ist, eine sehr gewaltige Kraft, die niemals dafür verwendet werden darf, andere Leben zu vernichten. Auch nicht dafür, das eigene Leben zu zerstören. Sondern die Lebenskraft muss dazu dienen, Leben im positiven Sinne zu schützen und zu erhalten.

Jeder Mensch ist in gewisser Weise ein Wunder. Wer das nicht sofort versteht, möge seinen Blick auf die biologische, physische Seite unseres Daseins richten und die Lebenskraft bewundern, welche sich positiv, aber auch negativ äußern kann.

Globalen Frieden schaffen

(Geschrieben 2016/2017)

Die Menschheit ist noch lange nicht am Ende. Wir haben anscheinend noch genug Energie, um uns gegenseitig zu bekämpfen und zu töten. Dafür vergeuden wir jedenfalls Unmengen an Kraft. Wie wäre es, wenn wir diese zerstörerische Energie umlenken bzw. umwidmen würden, um sie für bessere Zwecke zu verwenden? Vielleicht, um unser Leben und unsere Umwelt zu schützen sowie den Hunger und die Not zu bekämpfen? Sind wir nicht alle Bewohner und Mitmenschen dieser Erde? Sollten wir nicht an erster Stelle darüber nachdenken, wie wir Frieden mit unseren Nachbarn herstellen und wie wir unsere Vorurteile begraben, bevor wir an Energie- und Klimaprobleme denken? Vielleicht werden wir irgendwann einmal keine Zeit mehr haben, um uns gegenseitig zu bekriegen, weil wir alle gemeinsam von Epidemien, Umweltkatastrophen oder vielleicht sogar Meteoriten bedroht werden? Dann werden wir damit beschäftigt sein, gemeinsam die globalen Gefahren zu bekämpfen. Müsste also zuerst ein „globaler Feind", eine globale Bedrohung kommen, um uns alle wieder zu vereinen? Hoffentlich nicht! Oder haben wir schon einen allgegenwärtigen, gemeinsamen Feind gefunden? *(Geschrieben im Jahr 2017, vor der Corona-Pandemie!)* Es könnte sein, dass diese globale Bedrohung bereits da ist, nämlich in Form der Klimaerwärmung. Nur wird sie noch nicht in ihrer Tragweite wahrgenommen.

Dennoch gibt es weiterhin Kriegstreiber auf dieser Welt. Wir müssten ihnen durch eine Art „Bildungsmaßnahme" klarmachen, dass der zerstörerische Krieg zu viel Energie und Kraft kostet und letztlich niemandem einen Gewinn bringt. Wir müssten ihnen verdeutlichen, dass nur eine Zusammenarbeit im Dialog dem Erhalt unserer Lebens- und Nahrungsquellen dient.

Politiker verwenden den Begriff Nachhaltigkeit gerne in Bezug auf den Schutz wichtiger Ressourcen, also den Erhalt von Rohstoffen, beispielsweise durch den Einsatz erneuerbarer Energien. Öl ist dagegen nicht erneuerbar, weil es uns nach dem Verbrauch nicht mehr zur Verfügung steht. Ähnlich verhält es sich mit dem Krieg: Jeder Krieg hinterlässt nicht nur verbrannte Erde, sondern auch verbrannte Seelen. Keine Spur von Nachhaltigkeit.

Das russische Volk hat Michail Gorbatschow zwar vorgeworfen, er habe die Sowjetunion zu Grunde gerichtet, doch er hatte verstanden, dass es aus wirtschaftlicher Sicht deutlich sinnvoller ist, ein Miteinander zu suchen, als sich gegenseitig zu vernichten. Und es ist wirtschaftlich nicht nur sinnvoller, sondern auch viel effizienter, Kräfte zu bündeln und sie gemeinsam einzusetzen. Auf diese Weise lassen sich mehr Werte schaffen und mehr lebenserhaltende Güter bereitstellen, wie beispielsweise Nahrung und Medizin für alle Menschen. Selbst auf unternehmerischer Ebene entstehen durch den Zusammenschluss von Firmen positive Synergieeffekte, weil man sich gegenseitig ergänzt, Kräfte bündelt und Kosten einspart.

Bei der Vielzahl an Brandherden und Kriegsgebieten in der Welt können wir es uns gar nicht leisten, weitere

Kriegsaktionen zu beginnen – auch nicht unter dem Vorwand der Terrorismusbekämpfung. *(Notiert im Jahr 2017!)* Krieg erzeugt immer neue Kriege und fördert den Terrorismus, anstatt ihn zu bekämpfen. Diese Erkenntnis könnte man doch wirklich aus dem Irakkrieg und aus dem Krieg gegen die Taliban in Afghanistan gewonnen haben.

Frieden verkünden!
Wie eine Glocke den Frieden verkünden, als Zeichen, dass der Krieg vorbei ist, ein Friedensklang, welcher über Berge und Täler schallt und Menschen sich wieder umarmen, die Waffen zu Boden fallen lässt. Wie schaffen wir das?
Weder extrem nach links noch extrem nach rechts ausscheren, zum inneren Frieden gelangen, *nicht den Hass schüren, sondern ausgleichend, friedlich zusammenleben und sich gegenseitig helfen, sich niemals mehr gegenseitig bekämpfen.* Das schafft nicht die Politik und auch keine noch so verwegene Partei oder gar radikale Glaubensrichtung. Das gelingt nur durch ein gelebtes Gefühl, das der Poesie gleicht, diese schöpft aus der vollen Herzlichkeit der Menschen. Ein Wir-Gefühl, das nicht aus einem gemeinsamen Feindbild, sondern aus dem inneren Zusammenhalt entsteht, wird Frieden schaffen. Das wäre möglich, wenn wir anstelle der Intoleranz gegenseitige Akzeptanz erreichen würden.
Dazu ist die Erkenntnis notwendig, dass allein der Frieden die Freiheit eines jeden Einzelnen gewährleistet. Und dass der Frieden auch das Vorwärtskommen von Staaten, deren wirtschaftlichen Fortschritt und somit Wohlstand ermöglicht. Es ist und bleibt ein Trugschluss, dass durch

Krieg und Mord überhaupt etwas entstehen oder gerettet werden kann. Um sich davon zu überzeugen, sehe man sich die Länder an, in denen ein Krieg gewütet hat. Bomben, Leid und Tod haben dort tiefe Wunden in der Seele der Menschen hinterlassen. Das Leid überträgt sich weiter in den Familien und zerlegt Generationen.

Und diese Wunden, die Schmerzen der Familienangehörigen von unschuldig Getöteten sind zudem ein Nährboden für die weitere Rekrutierung von Gewalttätern.

Die Achtung vor dem Leben bezieht sich nicht nur auf das eigene Dasein. Wer diese Achtung gegenüber sich selbst und seiner Umwelt verantwortungsvoll ausübt, muss sich für den Frieden entscheiden und für ein friedvolles Zusammenleben einsetzen. Nur so können wir uns selbst und anderen ein gutes Leben ermöglichen. Denn Gewalt hat immer Gegengewalt erzeugt.

Überlasse die Rache deinem Gott. Er wird es richten. Das Rachebedürfnis des Menschen schafft immer weitere Kriege, Ungerechtigkeiten und Unfrieden. In der Bibel steht: *„Die Rache ist mein, so spricht Euer Gott und Herr."* Also überlasst es ihm. Er wird es richten.

Was gab es für Aussagen über den Afghanistan-Einsatz: SPD-Sprecher der Regierung sagten, dass dieser Bundeswehreinsatz nicht das Ziel habe, den IS zu vernichten, sondern lediglich, seine Ausbreitung zu verhindern. Solche Aussagen geben mir zu denken. Es sind halbherzige Versuche, politisch den Kopf aus der Schlinge zu ziehen. Diese Politiker zeigen dadurch, dass sie mit der Situation überfordert sind. Wenn sie die Bundeswehr zur Unterstützung der Franzosen in den Krieg ziehen lassen, dann folgen sie einer

Kriegslogik, indem auch hier die taktische Vernichtung des Gegners geplant und gewollt ist.

Es gibt keinen diplomatischen Krieg! Es darf streitbare Kompromisse geben, aber niemals Krieg. Nur Diplomatie! Denn Frieden bedeutet nicht, dass alle gleicher Meinung sein müssen. Frieden bedeutet, dass wir gerade trotz unterschiedlicher Meinungen gemeinsam einen stabilen Frieden für alle Beteiligten schaffen!

Krieg bedeutet immer Tod und Vernichtung, und dies nicht nur für den bewaffneten Feind, sondern leider auch für viele unschuldige Zivilisten. Die deutschen Politiker wissen nicht, welche Konsequenzen ihre Entscheidung haben wird und welche Verantwortung sie damit auf sich nehmen. Sie haben Schuld auf sich geladen. Sie haben vom Krieg keine Ahnung und sind sich nicht darüber im Klaren, auf wen oder was sie sich einlassen.

Wenn man sagt, mit dem Einsatz der Bundeswehr solle lediglich die Ausbreitung des IS verhindert werden, dann ist dies ein politischer Schachzug. Denn wer kann die Zielerreichung („Eingrenzung" des IS) in Werten und Zahlen kontrollieren bzw. bemessen? Niemand kann nach ein oder zwei Jahren sagen: „So, nun haben wir das Ziel unseres Bundeswehreinsatzes erreicht. Wir haben die Ausbreitung des IS verhindert." Das ist Utopie. Und reine Augenwischerei. Dieses Ziel ist weder einhaltbar noch ist das Ergebnis kontrollierbar. Durch wen auch? Und wie und anhand welcher Kriterien wäre es messbar? Der IS ist nicht greifbar, weil er sich jederzeit und überall manifestieren kann, beispielsweise durch einen seelisch kranken Attentäter, der über das Internet beeinflusst wurde. Trotzdem wird uns

dieses angebliche „Ziel" aus politischem Kalkül vorgegaukelt. Jeder, der die Zeitung liest, kommt ins Grübeln und fragt sich, was das denn nun soll. Als Konsequenz unserer Kriegsbeteiligung wird es vermutlich, im Gegenzug, weitere gewalttätige Anschläge geben.
(Anmerkung aus dem Jahr 2024: Ich notierte in diesem Text bereits Anfang des Jahres 2016, dass wir zu einer mittelbaren Kriegspartei geworden seien. Und nun? Im Jahr 2024 beteiligen wir uns erneut an Kriegshandlungen, wenn auch nur indirekt durch Waffenlieferungen an die Ukraine.)
Der IS wird sich weiter ausbreiten, die Gewalt wird eskalieren, Flüchtlingsströme werden zunehmen und infolge der Erstarkung von nationalen Parteien wird dieser Krieg letztlich direkt vor unserer Haustür landen. Man sagt, es gebe keine Alternative. Und vielleicht hält man mir vor: „Du hast auch keine bessere Lösung, du kritisierst nur!" – „Nein", antworte ich, „es gibt sogar mehrere Lösungen!"
Warum heißen wir – unter anderem in München – die Flüchtlinge herzlich willkommen? Weil ich denke, dass wir den Begriff „Heimat" bzw. den Wert, eine Heimat zu haben, verstehen. Wir können uns annähernd vorstellen, wie es wäre, wenn wir unsere gewohnte Umgebung verlassen und plötzlich fliehen müssten, unsere Freunde und Familienangehörigen hinter uns lassen müssten. Mit „Heimat" verbinden wir nicht nur das Nostalgische, die Vergangenheit, unsere Kindheit, an die wir uns erinnern. Wir verbinden damit vor allem unseren *Stabilitätsanker*, das Nach-Hause-Kommen zum Partner, zur Familie, in die gewohnte Umgebung. Einen geschützten Platz zu haben, an

dem wir uns sicher fühlen und uns stärken können. Dort tanken wir auf und geben uns gegenseitig Halt und Mut. Es gibt Menschen, die Angst haben, dass ihre Heimat durch Flüchtlinge gefährdet wird. Deshalb glauben sie, sie müssten den Geflüchteten ablehnend gegenüberstehen, obwohl diese doch genau dasselbe suchen wie wir: eine sichere Heimat! Sie stellen den Heimatwunsch der Flüchtlinge in Abrede mit der irrigen Begründung, Deutschland als Heimat nur für sich selbst beanspruchen zu dürfen.

Wenn wir zusammenhalten, sind wir alle auf der ganzen Welt zu Hause und beheimatet! Gerade wenn wir den Wert unserer Heimat so hochhalten, gerade dann sollte es unser oberstes Ziel sein, dass wir uns für den Frieden und ein tolerantes Miteinander einsetzen!
Dass aber diese Willkommenskultur ein Schock für den IS und seine Anführer ist, darüber wird nicht oder kaum gesprochen. Plötzlich wird durch sie in der Welt bekannt: „Ihr Syrer werdet nicht im Stich gelassen, die Deutschen und andere europäische Länder tun etwas für die Menschen muslimischen Glaubens! Sie lassen euch nicht hängen, wie es der IS propagiert." Das erschwert dem IS die Rekrutierung weiterer gewaltbereiter Angreifer!

Wir haben durch die Aufnahme von Flüchtlingen viel für den Frieden getan! Und wir haben dem Terrorismus den Wind aus den Segeln genommen, weil wir es mit dem Frieden ehrlich und ernst meinen! Wir haben durch die Aufnahme der Flüchtlinge tausenden Menschen das Leben gerettet. Was ist ihr Leben wert? Was ist unser Leben wert? Wie viel Geld würden Sie für Ihr Leben bezahlen? Wir wissen, dass das Leben, unser aller Leben unbezahlbar ist! Nackt kommen wir auf die Welt und besitzen nichts. Und das letzte Hemd hat ebenfalls keine Taschen, wir nehmen nichts mit und dennoch wird uns durch die Geburt das Wertvollste geschenkt: das Leben! Für ein gerettetes Leben, aus Krieg und Not, bedeutet am Leben zu sein die ganze Welt! Es ist das wertvollste Geschenk, leben zu dürfen. Wie viele Leben haben wir doch gerettet und wie viele Leben, wie viele Welten hätten gerettet werden können, wenn es den Krieg in der Ukraine nicht gäbe?

Im Jahr 2015 ist es uns Deutschen gelungen, in relativ kurzer Zeit eine hohe Anzahl an Menschen bei uns aufzunehmen. Wenn wir es nun schaffen, die Probleme der Integration, der Unterbringung, der Verständigung und letztlich die gesamten damit einhergehenden Entbehrungen und Kompromisse zu bewältigen, dann könnte dies ein Musterbeispiel für die Lösung von Konflikten zwischen kriegsführenden Ländern und Gruppierungen sein. Es bestünde die Chance, ein globales Kriegsszenario zu vermeiden und einen möglichst weltweiten, völkerverbindenden Frieden zu schaffen.

Mit unserem Einsatz zeigen wir: „Ja, wir haben eine Welt, eine Heimat und jeder hat das Recht, mit seiner Familie auf dieser Welt einen Platz zu finden und in seiner Heimat alt zu werden."
Mit jedem geretteten Menschen retten wir ein Teil von dieser Welt, reichen Menschen die Hand, setzen und handeln damit gegen diese Kriege.

„Dahoam is Dahoam", sagen die Bayern. Auch in Syrien, Afghanistan oder in der Ukraine gibt es diesen Heimatbegriff!

Wenn wir diese Haltung einnehmen, haben wir aus unserer Vergangenheit etwas gelernt und können womöglich der Welt etwas von dem zurückgeben, was wir ihr durch Kriege genommen haben.

Dass es in Anbetracht der stetig wachsenden Weltbevölkerung irgendwann eng werden könnte, ist die andere Seite des Problems. Es muss uns gelingen, dieses ungebremste Wachstum so zu organisieren, dass nicht weitere Konflikte entstehen. Dies ist eine Aufgabe und eine Herausforderung, die bewältigt werden muss, damit alle Menschen friedlich zusammenleben können. Krieg und Gewalt dürfen keine Antworten auf diese Herausforderung sein. Ich habe aber Angst, dass es dazu kommen wird, aus mangelndem Willen, aus Bequemlichkeit, aus Machtgier und aus Arroganz der Regierungen, vor allem aufgrund der mangelnden Bereitschaft, diplomatische und humane Lösungen finden zu wollen.

Gründe hierfür könnten sein: parteipolitisches Kalkül und das vermeintliche Risiko, die Gunst der Wähler zu verlieren. Die Politiker könnten wirtschaftspolitische Argumente vorschieben. Rüstungsexporte könnten angeblich nicht mehr getätigt werden und wirtschaftliche Beziehungen mit anderen Ländern seien gefährdet. Dies zeugt von Ideenarmut, Naivität und einem Mangel an Mut, für friedliche und dauerhafte Lösungen einzutreten.

Es gibt viele Ursachen für die Ausbreitung von terroristischer Gewalt. Daher ist es wichtig, mit gezielten Maßnahmen gegen Radikalisierung vorzugehen.

Eine der Ursachen lässt sich an folgendem Beispiel verdeutlichen: Eine junge türkischstämmige Frau hat Probleme mit ihrer Ausbildung zur Einzelhandelskauffrau und wendet sich an einen Seelsorger. Dieser geht nicht verständnisvoll auf ihre Probleme ein, sondern gibt ihr zu verstehen, dass sie sich einfach mehr anstrengen müsse. Die junge Frau fühlt sich missverstanden und wendet sich einem Freund zu, der einer radikalen islamischen Gruppe angehört. Dort findet sie eine Identität, neue Kraft, einen Sinn und Lebensinhalt.
Die Rekrutierung junger Menschen durch den IS ist ein Warnsignal, welches uns in diesem Fall zeigt, was passieren kann, wenn im Bereich der sozialen Arbeit alles schiefläuft. Wenn IS-Anhänger die „besseren Sozialarbeiter" sind, dann läuft etwas komplett aus der Spur. Gegenmaßnahmen könnten sein:

- Egal wer mit muslimisch Gläubigen arbeitet, seien es Lehrer, Sozialarbeiter, Beamte oder auch evangelische oder katholische Geistliche, sie müssen immer mit offenem Ohr auf sämtliche Belange der Jugendlichen eingehen.
- Jeder sollte wissen, dass es verschiedene muslimische Ausrichtungen gibt. Und man sollte sich diese Unterschiede von Muslimen erklären lassen.
- Kränkungen und Beleidigungen von Muslimen sind

nicht zu tolerieren. Sie lösen eine seelische Belastung aus, die sich in Gewalt verkehren kann.

Es fehlt an positiven Integrationsfiguren, an positiven Projektionsflächen. Vielleicht sollten wir uns Angela Merkel zum Vorbild nehmen? In der Zeitung lese ich von einem Flüchtling, dessen Einsatzbereitschaft beschämend auf uns wirkt: *„Ali Abati, selbst in Not und Flüchtling aus Syrien, kocht in Berlin für deutsche Obdachlose."* Welches Argument gegen rechte Gewalt und einseitige Polemik ist stärker als das soziale Engagement von syrischen Flüchtlingen?

Wie schnell verstummen die rechtsgerichteten und radikalen Stimmen, wenn sichtbar wird, *dass Syrer uns helfen?* Wie arm sind wir doch geworden, wenn uns Flüchtlinge zeigen, wie man zusammenhält und soziale Probleme bewältigt! *Was gibt es für ein stärkeres Zeichen?*

Anstelle der Klage darüber, dass wir mit den Flüchtlingen überlastet seien, sollten wir dankbar dafür sein, welches menschliche Potenzial und welchen menschlichen Gewinn sie in unser Land bringen, was sich nicht zuletzt auch wirtschaftlich niederschlägt. Wir importieren damit keine Gewalt, sondern erhalten Chancen und Potenzial: Durch die soziale Zusammenarbeit mit Flüchtlingen gewinnen wir gegen den gewaltbereiten IS, indem wir ihm den Nährboden für die Rekrutierung von deren Kämpfern entziehen.

Wir müssen beweisen, dass wir den jungen Menschen bessere Lebensinhalte und Perspektiven geben können, indem wir ihnen zeigen, dass wir zusammenhalten und allen Menschen, die hier leben, eine Zukunft bieten können.

*Dies gilt für **alle** jungen Menschen, egal welcher Nationalität. Natürlich ist es erstrebenswert, wenn wir unsere Jungen mit der Zusammenarbeit und dem Zusammenhalt untereinander begeistern könnten. Mit diesem Zusammenhalt meine ich den Zusammenhalt aller und ebenso den Kampf gegen Mobbing generell.*

***

Die Attentäter von Paris waren ausschließlich junge Menschen. Menschen, denen es an einer lebenswerten Perspektive gefehlt hat. Durch den Krieg in Syrien und im Irak werden nur weitere Terroristen rekrutiert, weil in diesen Ländern das Faustrecht gilt. Der Tod eines unschuldigen Zivilisten wird nicht selten von Familienangehörigen gerächt. Die Ausweitung der Bombardierung wird weitere unschuldige Opfer fordern und deshalb das Problem verschärfen, anstatt es zu lösen. Das sagt uns der gesunde Menschenverstand. Für diese Erkenntnis benötigt man kein Studium und keinen akademischen Grad.
Ein Beispiel für eine erfolgreiche Gewaltprävention: Ein Polizeichef einer dänischen Stadt ringt dem Imam einer sich radikalisierenden muslimischen Glaubensgemeinschaft in Verhandlungen das Versprechen ab, dass er keine Krieger rekrutieren werde und diejenigen, welche sich bereits im Kampf befinden, zurückruft. Im Gegenzug bietet er den jungen Leuten – soweit sie noch keine

Straftat begangen haben – eine neue Lebensperspektive in Dänemark an. Diese sieht folgendermaßen aus: keine Verfolgung durch die Behörden, stattdessen Arbeitsaussichten, Familienzusammenführung etc. Eine mangelnde familiäre Bindung, ein schwacher sozialer Halt, das Fehlen von Heimat, das bildet den Nährböden für Gewalt und hiergegen muss etwas unternommen werden.

Eine weitere Maßnahme gegen die Ausbreitung terroristischer Gewalt: Wenn Menschen bereits straffällig geworden sind, müssen sie schon im Gefängnis intensive Hilfe und Betreuung erhalten. Auch hier dürfen IS-Anwerber nicht die „besseren Sozialarbeiter" sein. Die Gefahr ist sehr hoch, dass der IS auf fruchtbaren Boden stößt, wenn wir den Menschen nach ihrer Haftentlassung keine lebenswerte Perspektive geben. Das kostet zwar, aber es wird uns teurer zu stehen kommen, wenn wir uns am Bombenkrieg beteiligen.

Die Medien müssen achtgeben, welche Bilder sie vom IS senden. Sie sollten nicht zeigen, mit welcher Macht der IS unser Land bzw. die europäischen Länder in Angst und Schrecken versetzen kann. Solche Bilder könnten beeindruckend auf Sympathisanten des IS wirken. Nach den Terroranschlägen in Frankreich 2015 habe ich im Radio oft die Aufforderung gehört, dass wir „unsere Art zu leben" und unsere „Lebensgewohnheiten" nicht verändern sollten. Allein dieser Aufruf machte jedoch Angst und verunsicherte die Bevölkerung. Fragen kamen auf: „Warum sagen die das? Besteht nun doch Gefahr, sollten wir uns vorsehen?" Folglich war das öffentliche Leben in der Vorweihnachtszeit 2015 nicht nur durch die Anschläge selbst, sondern auch durch eine verängstigte Stimmung erlahmt.

Bei den Regionalwahlen in Frankreich im Dezember 2015 feierte der FN (Front National, die französische Rechtspartei) einen politischen Wahlerfolg und wurde von Teilen der französischen Bevölkerung als Heilsbringer betrachtet. *Frieden ist nicht nur eine Party und nicht dazu da, lediglich sich selbst zu feiern!* Frieden zu wahren bedeutet aktives Tun. Tun wir etwas, was uns einander näherbringt, etwas, das uns verbindet. Dass wir damit zugleich gefordert sind, etwas abzugeben, etwas zu opfern, das sehen auch viele Freunde der Zuwanderung leider nicht. Es ist immer leicht, miteinander eine schöne Zeit, eine gute Stimmung zu haben. Es ist immer leicht, ein Fest zu feiern. Aber jedes Fest muss auch verdient und vorbereitet sein. Es muss immer auch einen Grund zum Feiern geben. Nur zu feiern geht leider auch nicht. Irgendwoher muss die Basis, also der Proviant für das Fest kommen. Das verkennen auch viele Prominente, wenn sie kostenlose Konzerte und Hilfsaktionen ins Leben rufen. Ich frage mich: Wem dient diese Popularität, diese Promotion wirklich?
Es gibt sicher immer Gründe, ein Fest zu feiern. Es gibt aber auch immer den Job, ein Brot zu backen!
„Brot und Spiele?" Ein Fest, um das Volk bei Laune zu halten? Oder um sich selbst in den Vordergrund zu stellen? Statt auf die schwierige Realität aufmerksam zu machen und dort zu helfen, wo wirklich Not herrscht. Ich möchte es deutlich sagen: Eine beträchtliche Anzahl von Menschen, die sich für Zuwanderung aussprechen, sind selbst scheinbar weniger bereit, etwas von ihrem Reichtum abzugeben, obwohl sie genug finanzielle Mittel zur Verfügung hätten, um Geflüchteten zu helfen.

Ich meine damit auch die kirchlichen Würdenträger. Die Mitglieder einer benachbarten Gemeinde waren überrascht, als sie bei einer Besichtigung neue, unbekannte Fakten kirchlicher Geldverschwendung entdeckten: Ein extra aus dem Heiligen Land importierter Feigenbaum kann im Luxusgarten im europäischen Winter gar nicht überleben. Er stand aus ästhetischen Gründen zudem auf der Schattenseite des Gartens und bekam eine Erdbodenheizung. Einige Fenster aus teurem Spezialglas lassen sich auf Knopfdruck elektrisch von Transparent- auf Milchglas umschalten. Für den benachbarten asiatischen Karpfenteich wurde – ohne Einberechnung der exotischen Fische – der Wert eines ordentlichen Einfamilienhauses verprasst. *„Alles ein Irrsinn, meint einer der Besucher, wenn man jetzt an die herausfordernden Aufgaben und Kosten im Zusammenhang mit der Flüchtlingswelle denkt."* Immer dann, wenn es darum geht, einen Teil des eigenen Reichtums abzugeben, beginnt man zu relativieren, zu theoretisieren, um sich schließlich entschuldigend aus der Affäre zu ziehen. So kann man leicht für Zuwanderung sein, wenn es die anderen richten bzw. erarbeiten sollen.

Nur selbst ist man oft nicht bereit, seinen Teil dazu beizutragen. Es ist schlimm genug, wenn der „einfache Mann" so denkt. Noch schlimmer ist es aber, wenn sich die, welche buchstäblich auf ihrem Reichtum sitzen, der gesellschaftlichen Verantwortung entziehen und gleichzeitig diejenigen zur Hilfe auffordern, denen eh schon das Wasser bis zum Halse steht.

Helfen ist gut.
Helfen schafft Zufriedenheit.
Helfen verlangt aber auch die Solidarität der ganzen Gemeinschaft und nicht nur die Solidarität Einzelner.

Es gibt immer ein Fest zu feiern.
Es gibt aber immer auch ein Brot zu backen.

Es wird immer Menschen geben, die sich aus der gemeinschaftlichen Verantwortung davonstehlen, obwohl sie Entscheidungsträger sind und die Möglichkeit haben, Not zu lindern. Die lieber das Fest und sich selbst feiern, aber die Arbeit die anderen machen lassen. Wir müssen diesen Menschen ganz klar sagen: „Nehmt eure Arbeit auf, nehmt eure Verantwortung vor Gott und den Menschen endlich wahr." Wenn sie das tun, werden sie ihrer Vorbildfunktion gerecht und ihr Einsatz wird sich multiplizieren, gleich dem biblischen Wort: *„Ihre Saat wird aufgehen."*
Doch wir dürfen uns nicht vom mangelhaften Engagement der (kirchlichen) Obrigkeiten blenden oder beeinflussen lassen. Wichtig ist und bleibt, dass jeder das tut, was für ihn möglich ist, was im Bereich des individuell Machbaren liegt, um sich selbst noch im Spiegel ansehen zu können. Ich für meinen Teil denke: Am Ende wäre es doch das Schönste, wenn ich nicht nur zu mir selbst, sondern auch andere über mich sagen könnten: *„Er war zwar kein Held, aber er muss sich nichts vorwerfen lassen, er hat seinen Pflichtteil erfüllt, er hat seinen Dienst und seine Aufgabe erfüllt, zum Wohl seiner Mitmenschen, so gut er konnte."*

„Welche geschwungene Pathetik und Moral, lieber Herr Wald! Sie wollen doch nicht hier schon Ihr Werk beenden?" Nein, ich nehme mir aber gerne die Freiheit, schwungvoll und „emotional" zu schreiben, wenn ich es direkt so empfinde.

Es gibt mit Sicherheit auch einige kirchliche Würdenträger, die ihrer Verantwortung gerecht werden. Nur liest man darüber im Internet und in der Presse leider wenig. Es ist schade, dass wohl immer nur das Negative in die Schlagzeilen kommt. Das hilft nicht, an das „Gute" zu glauben. Wir brauchen diese Sensationspresse nicht. Ich denke, dass wir in der Zeitung oder im Internet auch gerne mal positive Beispiele lesen würden. Diese muss es doch auch geben! Stattdessen springt uns folgende Schlagzeile ins Auge: „50 Menschen bei Hochzeitsfeier getötet." – Lesen wir so etwas wirklich gerne? Wohl kaum. Ich kann es nicht fassen. Wenn ich eine solche Schlagzeile sehe, habe ich schon genug. Da will ich lieber gleich nicht mehr weiterlesen.

Das Ende des Krieges in der Ukraine

Zurück in die Gegenwart, ins Jahr 2024.

Meiner Ansicht nach gibt es nur eine Möglichkeit, wie der Krieg in der Ukraine ein Ende finden könnte, ohne in eine atomare Katastrophe zu münden. Ähnlich wie im Korea-Krieg, als das Land in Süd- und Nordkorea gespalten wurde, wird es auch hier kaum eine andere Möglichkeit geben als die Teilung. Die Russen werden vermutlich den Ostbereich und den Zugang zur Krim beanspruchen. Zwischen beiden Teilen wird wohl eine Mauer entstehen. Eine andere Lösung scheint mir nach heutigem Stand (Januar 2024) nicht ersichtlich, weil die Fronten verhärtet sind. Das Misstrauen ist auf beiden Seiten so hoch, dass eine diplomatische Einigung kaum mehr denkbar erscheint.

Viele Politiker im Westen fordern weitere Waffenlieferungen, inklusive Panzer. Sie glauben in ihrem Kriegswahn, dass Waffen Frieden schaffen würden, und sie sprechen von der Notwendigkeit eines „Sieges" über Russland. Ich habe mehrmals erwähnt, dass es bei keinem Krieg einen Sieger gibt. Jeder Krieg wird immer nur zu Leid und Vernichtung führen, indem er Menschenleben fordert, Umwelt, Natur, Gebäude zerstört und nicht zuletzt Unsummen an Kapital verbrennt. Es wird keine Sieger geben, nur Verlierer.

Ich habe ein paar russische Bücher gelesen, welche mir einen Einblick in die russische Seele gegeben haben. Ich glaube, auf diesem Wege ein wenig Kenntnis über die russische Mentalität erhalten zu haben. Darauf aufbauend, kann ich den europäischen Politikern versichern: Es wird keinen Sieg über Russland geben! Wenn man den Russen so weit bedrängt, dass er glaubt, in seiner Existenz bedroht zu sein, dann wird er den Knopf drücken und die Welt wird in einem atomaren Inferno enden. Denn die Russen denken: Wenn wir sterben, dann sterben alle anderen eben mit …

Die Büchse der Pandora
Wir möchten keine Kriegspartei sein. Doch wir sind bei Weitem nicht neutral. Mit der Lieferung von Waffen und schwerem Kampfmaterial unterstützen wir eine der beiden Seiten. Der Teufelskreis ist seit dem Februar 2022 eröffnet und es ist schon längst kein strategisches Spiel mehr. Der Krieg hat auch für uns begonnen. Er wirkt sich bereits wirtschaftlich aus. Und er wird erst dann enden, wenn eine der beiden Seiten den unendlichen Schmerz, den unendlichen Verlust nicht mehr verantworten kann. Ich meine damit, dass der Teufelskreis – diese Kriegsgeißel – nur dann gestoppt werden wird, wenn eine der beiden Regierungen einsieht, dass sie ihrer Bevölkerung diesen Schmerz nicht mehr antun kann. Und diese Regierung wird nicht die russische sein, denn sie fügt ihrem Volk diesen Schmerz schon lange zu. Wenn ich von einem Schmerz spreche, der nicht mehr auszuhalten sein wird, dann rede ich von der unendlichen Qual, welche eine Mutter beim Verlust ihres Soldatenkindes empfindet.
Ungeachtet dessen gibt es hierzulande Politiker, welche sich vehement für Waffenlieferungen einsetzen, ich kann mir kaum vorstellen, dass diese Politiker jemals Verantwortung für Menschen übernehmen und Mitgefühl empfinden

können. Sie werden auch für diese Todesspirale keine Verantwortung übernehmen. Wer Waffenlieferungen fordert, der sollte zunächst einmal den Umgang mit Waffen lernen und deren Zerstörungskraft erfahren. Die meisten dieser Politiker werden nicht einmal Wehrdienst abgeleistet, geschweige denn eine schwerkalibrige Waffe in Händen gehalten haben. Wer Waffenlieferungen fordert, soll sich zunächst einmal selbst an die Frontlinie begeben und dort erfahren, was Waffen anrichten. Er soll sehen, wie neben ihm auf dem Schlachtfeld Menschen sterben, er soll sich ein Bild von der Realität des Krieges machen. Er soll miterleben, wie Unschuldige sterben, und er soll die Ärmsten in der Bevölkerung sehen, welche nicht vor dieser Kriegslawine und den damit verbundenen Qualen fliehen können. Wer sagt: „Waffen schaffen Frieden!", der ist ein Zyniker, der die Kriegsbeteiligten verhöhnt.
„Frieden schaffen ohne Waffen", das muss die Maxime sein. Wer zum Schwert greift, wird durch das Schwert sterben. Aber nach unserer Auffassung sterben ja immer nur die anderen. Doch Gewalt erzeugt immer Gegengewalt und so dreht sich die Spirale weiter. Wo wird dies enden? Nur derjenige, der keine Erfahrung mit Waffen hat, kann nach noch mehr Waffenlieferungen rufen. Wer einmal ein G1 oder eine MP5 in der Hand gehalten hat, der weiß, welche Vernichtungskraft diese Schusswaffen besitzen. Wer sich für Waffenlieferungen ausspricht, der ist auch für den Krieg. Und das sind die hohen Damen und Herren wohl … Meiner Ansicht nach sollten sich diejenigen, welche nach Waffenlieferungen rufen, selbst an die Front stellen. Dann würde der Krieg schnell beendet sein.

Denn jeder vernünftige Familienvater, jede Mutter, jeder verantwortungsvolle Mensch will in Frieden leben und seiner bzw. ihrer Arbeit nachgehen. Nach Krieg schreien diejenigen, welche sich davon einen wirtschaftlichen oder politischen Erfolg versprechen. Glaubt mir, dieser Erfolg wird für Deutschland nicht eintreten. Im Gegenteil, wir sind näher am Kriegsgeschehen als die USA und zahlen jetzt schon den wirtschaftlichen Preis für diese Kriegstreiberei. Wir werden diejenigen sein, welche die Folgen des Krieges ganz direkt spüren werden. Der Zweite Weltkrieg ist zu lange her. Die Menschen, welche uns vor diesem verheerenden Größenwahn hätten warnen können, weil die Geschichte sie eines Besseren belehrt hat, diese sind – bis auf wenige – leider nicht mehr da.

Wir leben in einer Demokratie und könnten folglich von unserem Demonstrationsrecht Gebrauch machen. Aber der Deutsche beschwert sich erst, wenn er nicht mehr in den Urlaub fliegen und nicht mehr Auto fahren kann. Oder auch, wenn er die Strom- und Heizkosten für seine Wohnung nicht mehr bezahlen kann.

Bis dahin unterstützen wir Waffenlieferungen, mit denen wir den Krieg fördern, und lassen andere sterben.

Gestatten Sie mir die Frage: Ist ein getöteter russischer Soldat kein Mensch? Ist ein russischer Soldat ein „guter Toter"? Gehen russische Soldaten freiwillig an die Front, um sich dort „gerne" erschießen zu lassen?

Nein!
Jeder Tote – auf beiden Seiten – ist ein Toter zu viel!

Würde die Ukraine ohne Waffenlieferung nicht mehr existieren? Nein, sie wäre dann nur russisch, wie sie es schon einmal gewesen ist. Dafür würden aber noch zehntausende Menschen leben. Es ist nicht unser Land!

Sind wir dann immer noch für Waffenlieferungen, wenn unsere Wirtschaft am Boden liegt? Wenn wir unsere Häuser nicht mehr mit Strom und Heizenergie beliefern können? Oder wenn sich nur noch eine Elite das Wohnen und Leben leisten kann? Der wirtschaftliche Krieg und der eigene Überlebenskampf, dies ist doch schon längst mitten unter uns!

Angst vor dem Tod

Auf einem YouTube-Kanal äußerte eine Darstellerin, es beschäftige sie schon sehr, dass ihre Lebenszeit begrenzt sei. Deshalb rechne sie heimlich aus, wie viele Auftritte sie theoretisch noch haben werde.
Vielleicht ist es hilfreich, von den eigenen Erfolgen einmal abzusehen und die Gedanken auf eine andere Frage zu lenken: Zu welchem Zweck lebe ich? Bin ich nur auf dieser Welt, um meinen eigenen Erfolg zu gestalten? Lebe ich lediglich um meiner selbst willen?
Eine andere Denkweise wäre: „Meine Lebensaufgabe besteht darin, die Welt ein klein wenig besser zu hinterlassen, als sie vor meiner Geburt war." Ein Mensch, der so denkt, muss nicht prominent sein. Vielleicht hat er „nur" ein Haus gebaut, in welchem mehrere Familien ein Heim gefunden haben. Ein anderer hat womöglich „nur" eine Idee hinterlassen, die andere Menschen ermutigt.
Muss ein solcher Mensch denn Angst vor dem Tod haben, wenn er weiß: Ich habe etwas Gutes getan, ich habe etwas Gutes hinterlassen? Wenn ich weiß, dass ich nach bestem Wissen und Gewissen gehandelt habe, muss ich doch keine Angst vor dem Tod haben?!

Sterben tun immer die anderen

Mein Onkel hat mich bereits in den frühen 2000er Jahren darauf aufmerksam gemacht, dass wir nun schon eine ungewöhnlich lange Friedenszeit erleben durften. Von heute aus gerechnet sind seit dem Ende des Zweiten Weltkriegs sogar schon über 75 Jahre vergangen. Und ja, es stimmt wohl, dass es in der europäischen Geschichte, vormals gesehen, mehr Kriegs- als Friedensjahre gegeben hat. Deshalb dürfen wir uns gerade jetzt nicht an Kriege „gewöhnen".

Im Jahr 2010 unternahm ich mit meiner Partnerin Jacky einen Ausflug nach Berlin, wo wir uns auch die „Berliner Unterwelten" angesehen haben. Das sind unterirdische Bunkeranlagen aus der Zeit des Zweiten Weltkrieges. An der Oberfläche, in der Nähe des Eingangs zu den „Unterwelten", war ein Schild an einer Hausmauer angebracht, auf dem stand geschrieben: *„Übrigens sind es immer die anderen, die sterben."*

Schild in der Nähe des Eingangs zu den „Berliner Unterwelten"

Es stand keine Erklärung dieser Aufschrift dabei, deshalb musste man sich den Kontext selbst zusammenreimen. War es ein Überbleibsel aus der Nachkriegszeit, um auf die Judenverfolgung und den Holocaust aufmerksam zu machen? Jedenfalls steht für mich fest, dass dieser Satz bemerkenswert wahr ist. Nämlich in diesem Sinne: Wir verhalten uns für gewöhnlich so, als wären wir von einer möglichen (Kriegs-)Gefahr nicht betroffen. Wir verdrängen diesen Gedanken – und wir müssen wohl mit einem „Verdrängungsgedächtnis" leben, um weiter unseren Alltag gestalten zu können. Sterben tun ja immer nur die anderen. Bis wir irgendwann, wenn wir weiter blind dem Töten zusehen, selbst vielleicht einmal in einen Gewehrlauf blicken? Das – um Gottes willen – hoffentlich nicht! Dies darf niemals geschehen!

Und weil dies niemals geschehen darf, schreibe ich dieses Buch. Ich schreibe, weil ich selbst vier Jahre bei der Polizei „gedient" habe und wir damals in der Grundausbildung dieselbe Wehrausbildung „genossen" haben wie die Wehrpflichtigen. Glaubt mir, dass ich einen Eindruck davon gewonnen habe, wie es sein könnte, an einer „Front" zu stehen. Das ist gar nicht lustig und hat mich später zu einem Pazifisten gemacht.

Pazifismus heißt für mich nicht, die andere Wange hinzuhalten, wenn man geohrfeigt wird. Pazifismus heißt für mich, dass man für den Frieden auch eine Art von „Kampf" hinnehmen muss. Aber soweit es möglich ist, muss man diesen Kampf mit Mitteln führen, die einen vernichtenden Krieg unbedingt verhindern. Wie auch immer man dies gestalten mag.

Der ehemalige Bundeskanzler Helmut Schmidt wusste damals, dass man den russischen Atomsprengköpfen ein Gegengewicht entgegensetzen muss. Das ist in etwa so wie beim Schach: Wenn der Gegner eine Figur bedroht, muss man im Gegenzug eine Figur von ihm bedrohen. Wenn man das nicht tut, wird man von den gegnerischen Figuren überrannt und kann sich nicht mehr zur Wehr setzen. Das haben viele damals nicht verstanden. Aber es war ein durchdachter Schachzug. Wenn wir im Westen keine Sprengköpfe gehabt hätten, *was hätten wir dann im Gegenzug abrüsten können*? Hätten wir dann Geldzahlungen geleistet, damit der Russe abrüstet?

Die atomare Abschreckung hat in den 1980er Jahren gut funktioniert, weil der Osten und der Westen ihre roten Linien klar abgesteckt hatten und die jeweiligen Präsidenten es nicht wagten, diese Linien zu überschreiten. Was passiert aber, wenn die Abschreckung von russischer Seite heute so funktioniert: „Wenn ihr mich an einem weiteren Vormarsch hindert, setze ich Atomwaffen ein"? Es ist bereits eine rote Linie überschritten worden und ein Teufelskreis von Waffenlieferungen hat begonnen. Eine deutsche Kriegsbeteiligung, wenn auch indirekt, ist im Gang. Die drängendste Frage muss nun sein: Wie können wir dieser „Abschreckung" begegnen, ohne dass sich die Gewaltspirale weiter zuspitzt?

Das Dilemma ist doch momentan, dass der Westen, je weiter der Russe vordringt, umso mehr Waffen liefern wird. Bis dem Russen der Kragen platzt und er seinen roten Knopf drückt. Viele reden von einem „Gewinner" des Krieges in etwa so: „Der Russe darf nicht siegen!" Oder: „Die Ukraine muss siegen!" Bei diesem Krieg wird es, wie in jedem anderen, keinen Sieger geben. Wo Menschen gewaltsam sterben, egal auf welcher Seite, wird es immer nur Verlierer geben, egal wie viel Land dabei gewonnen wird. Das Ende des Kalten Krieges war mitunter deshalb möglich, weil beide Seiten zu der Erkenntnis gelangten, dass das Wettrüsten immense Mengen an Kapital gebunden und verschlungen hatte. Die Regierenden sahen ein, dass man dieses Geld besser in wirtschaftlichere Dinge investieren sollte. Daher konnten beide Seiten ihr Arsenal – Zug um Zug – wieder abbauen und ihr Geld so anlegen, dass das eigene Bruttoinlandsprodukt steigen konnte. (Zumindest potenziell hätte steigen können.)

Was für eine enorme Vernichtung von Menschen und Kapital durch jegliche Art von Krieg!

Wenn man schon grundsätzlich der Überzeugung sei, dass Geld und Macht wichtiger sind als Menschenleben wären, dann sollte man logischerweise auch nachvollziehen können, dass ein Krieg schon aus „Kapitalvernichtungsgründen" komplett sinnlos ist!

„Sterben tun ja sowieso immer nur die anderen", möchte ich auch hier zynisch anmerken. Wie weit will Russland noch mit seiner „Kapital- und Menschenvernichtung" gehen? Wir können uns durch die Waffenlieferungen nun auch nicht mehr neutral verhalten. Wir beteiligen uns ja bereits, wenn auch „nur" indirekt. Am Ende wird es keine Sieger geben. Wenn wir das den Entscheidungsträgern nur klarmachen könnten:

Bei jeglicher Art von Krieg gibt es keinen Sieger! Bei einem Krieg verlieren alle Beteiligten!

Dass man mitunter von „Krieg gewinnen muss" oder „darf den Krieg nicht verlieren", etc. spricht, ist für mich befremdlich, ja absurd. Als ob der Krieg ein Spiel wäre, welches man gewinnen oder verlieren könne. Ein Krieg kennt nur Verlierer! Wir bagatellisieren damit einen Tötungsvorgang, indem wir uns als Könige eines strategischen Spiels ausgeben. Wir missachten damit Menschenleben, welche angeblich für unsere Demokratie, in der Ukraine sterben müssten, wie Figuren in einem Schachspiel. „Sterben müssen ja immer nur die anderen!"

Wir müssen von allen Regierungen auf der Welt folgende fünf Selbstverpflichtungen einfordern:

a) Es dürfen keine Kriege geführt werden!
b) Sämtliche Atomwaffen müssen vernichtet werden!
c) Die Regierungen der ganzen Welt verpflichten sich, gegen Hunger und Armut zu kämpfen und nicht gegen Menschen!
d) Die Energie- und Wasserversorgung muss für die ganze Weltbevölkerung sichergestellt werden!
e) Alle Menschen müssen vor Verfolgung, Misshandlung, Rassismus, Folter etc. geschützt werden!

Zeitenwende?

Als ich am 15.12.2023 einen Beitrag im Fernsehen sah, in welchem sich ein ca. 35-jähriger ehemaliger Kriegsdienstverweigerer zur Reservistenausbildung meldete und über dessen Ausbildung berichtet wurde, war ich ziemlich fassungslos. Seine Eltern, welche pazifistisch eingestellt waren, mussten darüber nachdenken, was nur bei der Erziehung schiefgegangen war. Ihre Verzweiflung war nicht zu übersehen, obwohl die Regie dies gezielt auszublenden versuchte.

Das Argument des Reservisten, endlich mal „etwas richtiges Wirksames zu tun, aktiv einen Beitrag zu leisten", wirkte wie aus einer vorzeitlichen Propagandaveranstaltung. Kann es sein, dass sich jemand freiwillig zu den Schützen, als Kanonenfutter – ich möchte sogar sagen zu einem „Selbstmordkommando" – meldet, nur weil er denkt, damit einen guten Dienst am Vaterland zu leisten, und wegen der „großartigen Kameradschaft beim Ermorden"?

Was haben die Menschen für einen Charakter, wenn sie ihre friedliche Gesinnung, den Kriegsdienst zu verweigern, ein paar Jahre später über Bord werfen und Krieg, angeblich nur zu „Verteidigungszwecken", für probat halten? Ist der friedliche Charakter eines Menschen jederzeit gegen sein Gegenteil austauschbar? Ist Frieden und Pazifismus, genau wie jetzt die Kriegsunterstützung, jeweils nur eine Modeerscheinung? *Ist es nicht die ureigenste und ursprünglichste Aufgabe der Politiker, dafür zu sorgen, dass die Menschen benachbarter Länder friedlich zusammenleben?*

Und weil die verantwortlichen Politiker jetzt versagt haben, sollen die Bürger nicht nur finanziell die Kriegsunterstützung bezahlen – mittels Umverteilung der Kostenlast mit erhöhten CO_2-Abgaben für Kraftstoffe sowie Gas und Öl zum Heizen (bereits von der Regierung beschlossen für Anfang des Jahres 2024) wird es jetzt auch als „Pflicht" gesehen, die freiheitlichen demokratischen Werte durch Aufrüstung und Kriegsdienst zu verteidigen, gemäß dem Motto: „Wir verteidigen uns so lange, bis wir alle besiegt haben!"

Das ist es, was wir unter der „Zeitenwende" verstehen müssen: dass politisches Versagen jetzt komplett zu Lasten des kleinen arbeitenden Bürgers geht und dass *wir alle* für deren Versagen nicht nur finanziell, sondern mit unseren Körpern auch unsere Köpfe hinhalten müssen.

Wie kann es sein, dass auf einem evangelischen Kirchentag ein führender Verantwortlicher der Bundeswehr argumentiert, dass es zwingend notwendig sei, die Ukraine mit Kriegsmitteln zu verteidigen, weil es quasi wie unser eigenes Land zu betrachten sei? Es seien unsere demokratischen Werte zu verteidigen. Es würde die Ukraine ohne unsere Hilfe nicht mehr geben. Der Russe hätte sie sich einverleibt und würde seinen Weltmachtsanspruch weiter nach Westen ausdehnen? Ist denn die Ukraine unser Land? Sind unsere demokratischen Werte nicht vielmehr hier in Deutschland als in der Ukraine zu verteidigen? Natürlich ist er ein Mann des Militärs und muss seine „Verteidigungsansichten" kundtun. Aber muss dieses Gedankengut auf einem Kirchentag dort auch noch auf fruchtbaren Boden fallen?

Ich kann nur sagen, was wäre, wenn wir die Ukraine nicht mit Waffen beliefert hätten: Ja, dann hätte der Russe dieses Land eingenommen. Doch kann ich auch sagen:

Ja, wenn man sich ergeben hätte, dann hätten über 50.000 Soldaten (beiderseits) und tausende ukrainische Frauen, Männer und Kinder überlebt und wären nicht ermordet worden. Ja, das Leben wäre dann „russisch" in der Ukraine. Dafür wären viele Menschen nicht umsonst und sinnlos gestorben.

Das politische System in der Ukraine ist und war korrupt. Die Ukraine ist das eigentliche Herz Russlands. Russland ist historisch aus dem Herzen der Ukraine erwachsen. Die Frauen hielten und halten die Ukraine am Leben, weil leider eine Vielzahl der ukrainischen und russischen Männer dem Alkohol verfallen sind.

Doch dieses hypothetische Ergeben war im Westen nie vorgesehen, genauso wie der Krieg ein Komplettversagen der Politik auf beiden Seiten ist. Und wir bezahlen dafür! Ich rufe den verantwortlichen Politikern zu: *Was wisst Ihr über Russland? Was wisst Ihr über die Ukraine? Wenn ich Euch reden höre, dann weiß ich, dass Ihr NICHTS über diese Länder wisst.* Und wir lassen uns Lügen von einer „Zeitenwende" auftischen? Meine Freunde: Die Zeit hat sich nie gewendet! Abgewendet haben sich die Regierungsparteien von „Nie wieder Krieg!", „Keine Waffenlieferungen in Kriegsgebiete!" und „Schwerter zu Pflugscharen".

Die politische Zeitenwende ist erkennbar daran, dass es nicht mehr wichtig ist, ob sich ein Rentner oder eine Familie die Miete mit Nebenkosten noch leisten kann oder ob jemand sich noch gesund ernähren oder eine menschenwürdige Pflege erhalten kann. Das ist die Zeitenwende!

Zeitenwende bedeutet, dass es wichtiger ist, Kriegsunterstützungen zu leisten, als dass Kinder oder Kranke in Deutschland ausreichend Ernährung, Bildung und medizinische Versorgung erhalten. Und Zeitenwende bedeutet, dass der geopolitische Erfolg, also dass die EU mehr Land gewinnt, wichtiger ist als ein eventueller Atomkrieg. Es ist wichtiger, einen Krieg zu riskieren und sich in ausländische Angelegenheiten einzumischen, als die Verantwortung für das eigene Land und die eigene Bevölkerung wahrzunehmen!

Mehr Philosophie als Psychologie

Meiner Erfahrung nach konzentriert sich die Psychologie bei der Lösung von Lebenskrisen auf den engsten Umkreis eines Menschen. Meist suchen Psychologen oder Therapeuten die Ursache für seelische Probleme im Lebensumfeld des Betroffenen und stimmen ihre Behandlungsmethoden darauf ab. Diese Lösungsversuche mögen auf den ersten Blick richtig erscheinen und können durchaus zum Erfolg führen. Doch leben wir nicht nur in unserem beschränkten Ego, unserem eigenen Universum, sondern wir interagieren mit unserem Umfeld, mit der Familie und der Gesellschaft um uns herum. Unser Gefühlsleben ist auch mit unserem Umfeld eng verwoben. Menschen sind gesellschaftliche Wesen und können meiner Ansicht nach nicht für sich allein existieren. Die Lösung für seelische Probleme nur in der Person des Betroffenen zu suchen, kann daher nur eine Teillösung darstellen.

Manchmal empfehlen Therapeuten eine Veränderung des Lebensbereichs oder die Loslösung von Menschen aus dem alten Umfeld. Wir nehmen aber unser Weltbild und unsere Vorstellungen immer mit. So kann es an neuen Orten passieren, dass wir mit unseren alten Einstellungen wieder auf bekannte Probleme stoßen.

Um Lösungen für seelische Probleme zu finden, kann es auch hilfreich sein, die eigenen Schwerpunkte zu verlagern. Vielleicht wäre es förderlich, den Blick nicht nur auf sich selbst zu richten, sondern zu fragen: „Wo kann ich für andere nützlich sein?" Dadurch würde sich der Fokus von der eigenen Problemwelt auf die der Mitmenschen verlagern. Ein altes Sprichwort sagt: "Geteiltes Leid ist halbes Leid!"

Eine philosophische Herangehensweise fragt nicht nach dem Ego, sondern nach dem Sinn: Welchen Sinn ergibt mein Handeln für mich selbst und zugleich für die Menschen in meinem Umfeld? Philosophen versuchen, das Erlebnis der menschlichen Existenz zu ergründen. Sie fragen, ob es eine plausible Verbindung zwischen dem inneren Erleben, der Wahrnehmung eines Menschen und dessen äußerer Umgebung gibt. Dieser Ansatz bietet meiner Meinung nach viele Möglichkeiten, um die Lebensqualität von Menschen umfassend zu verbessern.
Lisa hat mir einen Satz auf ein Blatt Papier geschrieben. Besser hätte unser Mädchen meine Situation und meine momentane Stimmung nicht einfangen können. Auf dem Blatt steht in jugendlicher Handschrift:

"Ich sitze hier und schreibe,
meine zerrissene Seele im Leibe ..."

Mehr hat sie mir nicht aufgeschrieben.
Ich versuche, ihr Gedicht fortzusetzen:

"Ja, Lisa, Du hast recht, ich schreibe,
damit wir in Zukunft möglichst haben eine Bleibe.
Und ich gebe mein Bestes und schreibe mir die Seele aus dem Leibe, wie ein Schwimmer, der noch nie geschwommen ist, wie ein Flieger, der noch nie geflogen ist.

Wie eben einer, der noch nie ein Buch geschrieben hat.
So rudere ich nach Worten, wie ein ertrinkender Nichtschwimmer, der mit dem Umherschaufeln von Wasser versucht zu schwimmen.
Wie ein aus dem Flugzeug Geworfener, der zum ersten Mal springt und versucht, seinen Fallschirm zu öffnen. Wird am Ende Hochmut vor dem Fall kommen? Ein Dilettant wie ich, ein hobbyloser armer Poet, der glaubt, seine Weisheiten vom Stapel lassen zu müssen?"

Jeder Mensch kämpft auf irgendeine Weise ums Überleben. Ich glaube, dass sich dieser „Überlebenskampf" immer sehr unterschiedlich und individuell darstellt. Ist das Wort „Überlebenskampf" zu drastisch oder zu dramatisch gewählt? Ich denke nicht. Denn jeder Mensch muss sich durch sein Leben kämpfen und mit Schwierigkeiten fertigwerden. Sicher ist es wenig populär, wenn ein Mensch seine jeweils eigene Sichtweise über das Leben in einem Buch darlegt. Es sei denn, es handelt sich um die Sichtweise eines berühmten Schriftstellers, eines Politikers oder eines anderweitig Prominenten. Aber ich glaube, dass jeder nach einer passenden Methode sucht, um mit schwierigen Lebensumständen zurechtzukommen. Und ich denke auch, dass jeder seine eigene Methode braucht.

Oft kommt uns unser Leben langweilig vor, weil wir das Gefühl haben, immer und immer wieder auf dasselbe Stück Holz einzuschlagen. Und wir sehen an uns, oder auf dem Holz, bei jedem Schlag immer die gleiche Delle. Manchmal kann das Brett – die Seele – fast zerbrechen. Dann ist es an der Zeit, den Hammer aus der Hand zu legen und einen

Hobel oder Schleifpapier zu verwenden. Das Werkzeug, mit dem wir das Leben betrachten oder behandeln, darauf kommt es an.

Allen Menschen, so selbstbewusst und hart sie auch zu sein scheinen, ist eines gemeinsam: Sie brauchen Anerkennung, Bestätigung, eine Aufgabe, einen Sinn, ein Ziel und nicht zuletzt: Liebe. Also „Spiel, Spaß, Spannung und Schokolade", wie in einem echten Thriller? Was ist spannender, als diesen Vergnügungen nachzujagen, die meist nicht mit Geld zu erwerben sind (außer der Schokolade), und den damit verbundenen Werten endlich wieder Raum und Zeit zu geben?

Das Schleifpapier, welches ich verwende, ist die Tastatur meines PCs. Ich sehe es als meine Aufgabe an, den Menschen – besonders den Verzweifelten – die Kostbarkeit des Lebens wie einen Diamanten zu Füßen zu legen.

Prioritäten setzen!

Zuerst die dringendsten praktischen Fragen lösen, dann für die Zukunft planen!
Wir sollten zuerst die notwendigsten, die brennendsten Probleme des menschlichen Überlebens lösen, um die Grundlage für einen weiteren zeitlichen Horizont zu schaffen. Wenn wir über „gut und böse" im moralischen Sinne nachdenken, dann hilft uns das nicht weiter.

Viel hilfreicher ist die Beurteilung von Handlungen nach der folgenden Frage, was zum „guten Leben für alle" führen könnte und welche dringenden Probleme wir zuerst lösen sollten. Man sollte fragen: Was hilft uns, gemeinsam zu leben? Was fördert das Leben und das Zusammenleben von Generationen und Kulturen – und was nicht?

Wenn ich definiere: „Gut ist, wer Gutes tut", dann meine ich damit, dass alles, was ein positives menschliches Zusammenleben ermöglicht, als „gut" zu bewerten ist. „Gut" ist also generell alles, was dem Leben dient und das einzelne sowie das gemeinschaftliche Leben fördert.
In den heutigen Nachrichten hörte ich, dass weltweit etwa 0,8 Milliarden Menschen an Hunger und Mangelernährung leiden. Während wir uns in Deutschland – zugegebenermaßen begründet – um den „europäisch-russischen Krieg" Sorgen machen und irgendwie nebenher, als Einzelgänger, das weltweite Klima zu retten versuchen, leiden

viele Menschen an Existenznot und fliehen aus Drittländern (nicht nur aus der Ukraine) zu uns.

Da stelle ich mir die Frage: Müssen wir zuallererst das Klima und die Welt retten? Oder sollten wir nicht als Erstes vor unserer eigenen Haustür kehren? Sollten wir nicht erst unser Haus in Ordnung bringen, bevor wir als Moralapostel anderen Ländern Vorschriften machen? Das gilt auch für die Politik: Selbstverständlich sind Diktaturen und jegliche Feinde der Meinungsfreiheit und die Feinde der Menschenrechte zu verurteilen, aber machen wir es uns nicht zu einfach, wenn wir uns selbst als „die Gerechten" darstellen?

Gedankensprung: Warum muss sich eine 65-jährige Rentnerin schämen, wenn sie sich die Lebensmittel nicht mehr leisten kann und zur „Tafel" gehen muss? Sie hat womöglich sieben Kinder großgezogen, was sich negativ auf ihre Rente ausgewirkt hat. Warum gibt es „militante Veganer", welche mit Gewaltaktionen andere vom Fleischkonsum abhalten wollen? Warum streiken Kinder für den Klimaschutz den Unterricht, während sie sich vielfach mit schweren (umweltfeindlichen) Autos zur Schule fahren lassen? Warum müssen Homosexuelle und sexuell anders orientierte Menschen sich für benachteiligt halten? Warum ist „Andersartigkeit" (in der Persönlichkeit) ein Grund, um aus der Gesellschaft ausgeschlossen zu werden? Wenn wir über solche Fragen nachdenken, dann können wir zu der Schlussfolgerung gelangen, dass wir im Großen und Ganzen ziemliche Vorbehalte und Vorurteile pflegen, welche Hass und Radikalität befeuern. Sonst würden sich die obigen Fragen doch gar nicht stellen!

Wie aber wollen wir das weltweite Klimaproblem lösen, wenn wir es nicht einmal fertigbringen, innerhalb unseres eigenen Landes eine tolerante, gerechte und solidarische Gemeinschaft zu schaffen? Wenn wir nicht einmal Achtung vor unseren Alten, unseren Eltern, unseren Kindern, den Schwachen haben? Und wenn wir gleichzeitig fast eine Milliarde Menschen auf der Welt verhungern lassen. Wie wollen wir den nötigen Respekt vor der Natur aufbringen, wenn wir die Größe und das großartige Ausmaß der Natur gar nicht wertschätzen können? Und da maßen wir uns an, von Deutschland aus das weltweite Klima retten zu wollen? Welche Eitelkeit! Welche Anmaßung und Selbstüberschätzung! „Rettet doch erst euch selbst vor eurer Eitelkeit, vor eurem eigenen unsozialen Verhalten!", möchte ich ausrufen. Damit meine ich nicht meine werten Leserinnen und Leser, diese sind nicht Ziel meiner Kritik, denn sie sind klug und kritisch genug, um die Fehler zu erkennen. Nein – ich meine die überheblichen Politiker, welche mehrheitlich nie in einer gesellschaftlichen oder familiären Verantwortung gestanden haben und für ihre Familienmitglieder einstehen mussten.

Nun denken Sie vielleicht, ich sei ein hoffnungsloser Fall. Ein naiver Optimist und Weltverbesserer. Ich möchte nicht für den „einfachen Mann" ein Moralapostel sein. Es liegt mir fern, jemandem ins Gewissen zu reden. Schon gar nicht dem „kleinen Mann", der täglich hart um sein Brot kämpfen muss. Mein Ziel ist es eher, den Menschen, die über das Schicksal anderer Menschen bestimmen, weil sie in einer „Entscheidungsposition" sind, die Sichtweise des „kleinen Mannes" zu vermitteln.

Moralisten, die mit erhobenem Zeigefinger daherkommen, sind nicht gerade beliebt. So einer will ich nicht sein. Moral ist meiner Ansicht nach eine im Zusammenleben von Menschen entstandene Art von Rechtsauffassung oder eine Zusammenfassung von Empfehlungen, welche das Zusammenleben von Menschen durch eine Art helfende Richtschnur erleichtern sollen. Moral darf nicht dazu dienen, Menschen auszugrenzen, sie anzuklagen oder gar zu verurteilen. Ich mag den Begriff Moral eigentlich nicht so gerne, weil man im Zusammenhang damit oft und gerne eine gewisse Überheblichkeit unterstellt. Aber wenn ich ihn hier verwende, dann in folgendem Sinne:

Ich sehe Moral als eine Hilfe an, welche das soziale Zusammenleben erleichtern möge, und nicht als eine moralische Keule, welche das Miteinander in einer Gemeinschaft eher schwer machen würde.

Menschlich miteinander umgehen

Menschlich zu sein bedeutet in erster Linie, nicht berechnend zu denken und zu handeln. Das Leben zwingt uns leider oft dazu, wie eine Rechenmaschine zu denken. Gerade dann, wenn wir nicht so viel im Geldbeutel haben.

Wer an das Gute glaubt, gilt gemeinhin als dumm und naiv. Naiv bedeutet in diesem Zusammenhang vermutlich, aus Dummheit zu wenig auf den eigenen Vorteil zu achten. Mitunter werden Menschen als naiv beurteilt, weil sie nicht gut genug für sich selbst „rechnen" können. Demgegenüber gibt es Menschen, die in ihrem Leben alles berechnen möchten, um die Kontrolle über die Geschehnisse zu behalten. Umso vergrämter muss ein solcher Mensch sein, wenn er meint, „schlau" gewesen zu sein, und dann doch – in welcher Hinsicht auch immer – einen Schicksalsschlag erleidet, sei es durch Einsamkeit, Depression, Hoffnungslosigkeit etc., obwohl er doch glaubte, alles gut „berechnet" zu haben!

Wir fürchten uns davor, in eine Situation zu geraten, in der uns jegliche Kontrolle aus der Hand gleitet. Es ist wohl eine menschliche Urangst, plötzlich hilflos und auf andere angewiesen zu sein. Beispielsweise auf einer geschlossenen Station zu landen oder zu einem Pflegefall zu werden. Mein Vater war zehn Jahre lang pflegebedürftig. In dieser Zeit hat er mir gezeigt, dass es auch in einer hilflosen Situation noch möglich ist, den eigenen Willen deutlich zu machen, und sei es nur mit einem Augenzwinkern oder durch das bloße Herausstrecken der Zunge.

Es gibt leider Dinge, die wir nicht selbst in der Hand haben, dazu gehören Krankheiten und der eigene Tod. Aber wir können von hilfsbedürftigen Angehörigen lernen, welche Haltung wir gegenüber Krankheit und Leiden (letztlich auch gegenüber dem Tod) einnehmen sollten. Wir können lernen, mit dem Leiden unserer Mitmenschen besser umzugehen und schwierige Situationen in unserem Leben zu meistern. Wirklich schade, dass das Leben nicht immer ein Fest ist. Es ist leider zugleich stets ein Überlebenskampf, in dem sich jeder Mensch auf seine individuelle Weise befindet, denn jeder muss mit den Widrigkeiten des Lebens fertigwerden. Aber sollten wir nicht gerade deshalb ein Fest feiern, weil das Leben ohnehin schon schwer genug ist?

Ich fragte einmal meinen Vater: „Was machst du, wenn du in eine Situation kommst, in der du nicht mehr Herr der eigenen Lage und quasi hilflos bist?" Ich habe seine Antwort nie vergessen. Er sagte: „Dann fange ich an zu beten." Diese Antwort hatte ich so nicht erwartet, da er sich nach außen hin nicht gerade als religiös zeigte und oft von „Bibel-Deppen" sprach. Ich kann und will im Nachhinein nichts schönreden, aber er hatte wohl seinen inneren stillen Glauben, der oftmals mehr Kraft verleiht als der zur Schau gestellte Glaube, wie er manchmal in Freikirchen praktiziert wird. Ich denke, dass der stille Glaube der kraftvollere Glaube ist. Er stellt sich höchstens durch die gute Tat dar, nicht jedoch durch viele Worte.

„Stopp dem Nonstop!" – darum geht es beim Meistern von Schicksalsschlägen. Das „Gute" an einem Schicksalsschlag ist, dass wir unsere Lebensgeschwindigkeit stoppen, anhalten, unsere gewohnten Tätigkeiten einstellen müssen.

Wir werden gezwungen, nachzudenken, wir haben auch plötzlich Zeit zum Nachdenken. Es kommt die Fantasie ins Spiel.

Wenn der Körper nicht mehr kann, dann bleibt oft noch der Geist. Dann wollen wir uns nicht, wie abgedroschen, einfach nur „schöne Gedanken machen", sondern unserem Gefühl und unseren Wertvorstellungen Raum geben. Wir können uns im Glauben an Gott wenden, nicht nur, weil wir jetzt für ihn Zeit haben. Nein, weil er uns versprochen hat, uns in der schwierigen Zeit zu tragen.

Dann, wenn wir nur eine Spur im Sand unseres Lebensweges sehen.

Dann, wenn wir glauben, den Weg alleine gehen zu müssen.

Da trägt er uns.

Gott ist dein Freund, dein Retter in der Not, er ist da, wenn du ihn brauchst. Das gilt meines Erachtens für jede Religion, nicht nur für die christliche.

Wir können uns aber nicht nur an Gott wenden. Wir können auch unsere Wertvorstellungen verändern und eine andere Sichtweise einnehmen, indem wir die Wertigkeiten anders ausrichten.

Sollen wir uns tatsächlich offen eingestehen, dass wir Angst haben vor dem Unbekannten? Wie ein kleines Kind, welches sich in der Nacht fürchtet? Dahinter könnte man auch einen Feigling oder einen Verzagten vermuten. Nein, es steckt vielmehr eine Art Demut vor der Kostbarkeit des Lebens dahinter. Es wäre doch ein Glück, wenn wir am Ende feststellen würden: „Ich habe wirklich gelebt, ich bin und war Teil dieses Universums, welches nicht in meiner

Hand liegt. Jedoch umfängt es mich in jeder Hinsicht und macht mir klar, dass diese ursprüngliche Lebenskraft in mir ist, und ich konnte sie in meinem Rahmen gestalten und an dieser Kraft teilhaben."

Auch Menschen, die sich nicht als gläubig beschreiben würden, haben in ihren letzten Erkenntnissen oft einen tieferen religiösen Bezug. Aber warum muss man erst gläubig oder demütig werden, wenn man kurz vor dem Tod steht? Nach dem langjährigen Leiden meines Vaters und letztlich nach seinem schmerzvollen Tod hörte ich einige Nachbarn sagen, das sei „ja kein Leben mehr". Oft können wir beim Blick in die Augen eines erkrankten Menschen erkennen, wie viel Kraft, wie viel Willen, wie viel Bewusstsein, trotz mehrerer Schlaganfälle, noch in ihm vorhanden ist. Dies eröffnet sich selbst manchem Arzt und mancher Ärztin nicht, weil sie für jeden Patienten nur circa acht Minuten Zeit haben. Wenn man aber den Charakter und die Eigenheiten eines Menschen seit Jahren kennt, dann merkt man, wie viel Kraft und Energie noch in ihm steckt. Wer die Kraft zum Leben, seinen Lebenswillen zeigt, der will leben und für den hat das Leben immer noch einen gewissen Sinn und eine Art Qualität. Auch wenn diese Qualität von Außenstehenden als gering eingeschätzt wird, so ist sie für den Kämpfer immer noch vorhanden. Das Leben meines Vaters war in den zehn Jahren mit der Pflegestufe 3 (damals der höchste Pflegegrad) meines Erachtens immer schwer, aber doch war es, in seiner Art und Weise, für ihn wohl lebenswert.

Menschen erleben schwierige Situationen, werden verletzt, machen tiefgreifende Erfahrungen, suchen Sinn. Wenn wir anfangen, über uns und unser gegenwärtiges Leben zu reflektieren, kommen wir vielleicht an einen Punkt, an dem wir feststellen: *Man benötigt enorme Stärke, um schwach oder krank sein zu können.* Denn in der größten Schwäche müssen wir beweisen, dass wir stark sind. Nur so können wir lernen, nur so können wir weitermachen und uns selbst tragen.

Wenn ich auch schwach bin, so will ich freundlich sein und Menschen helfen. Ich möchte die Stärke haben, wie ein Kind naiv sein zu können, und trotzdem so stark sein, um mit dieser Naivität nicht zu fallen. Ich will an das Gute glauben und Menschen dafür begeistern, in ihren Mitmenschen nicht Feinde, sondern menschliche Gefährten zu sehen.

Für alle, die Hoffnung brauchen: Hoffnung ist eine Kraft, die uns leben lässt und zur Liebe führt! Hoffnung lebt aber auch durch Liebe und dadurch, dass wir das Gute sehen wollen. Wir müssen Gutes sehen wollen! Je mehr wir uns von Geiz, Unhöflichkeit, Gier und Respektlosigkeit leiten lassen, umso verzweifelter wird unsere Zukunft sein. Je mehr wir uns aber von der Kraft des gegenseitigen Respekts, der Mitmenschlichkeit, des Friedens und des guten Glaubens leiten lassen, umso mehr „Land" werden wir für uns alle gewinnen. Umso mehr Menschen werden zusammenkommen und einen Platz auf dieser Welt finden, welche immer enger für uns wird.

Ich sah kürzlich eine Reportage über eine Fotografin, welche ihre Bilder bewusst in Kriegsgebieten aufnahm, um der Welt zu zeigen, wie grausam Kriege sind. Sie dachte, wenn die Menschen dies sehen, dann werden die Entscheidungsträger aufgefordert, diese Kriege zu beenden. Sie hat den Pulitzer-Preis für ihre Fotografien erhalten. Leider starb sie viel zu früh bei einem Angriff in Afghanistan.

Wie sehr wünsche ich für sie und uns, dass das Ziel ihrer Arbeit, ihre Sehnsucht nach Frieden, erreicht werden kann. Leider hat sich die Welt zum Negativen gewandelt. Die Menschen sind abgebrühter geworden. Ein Bild, sei es noch so verstörend, scheint uns nicht mehr zu erschrecken. Vielleicht weckt es oder befriedigt es sogar die Sensationslust bei dem einen oder anderen.

Wenn wir den Krieg (egal welchen) hinnehmen und uns statt für Diplomatie mit noch mehr Waffen „engagieren", dann fachen wir den Krieg noch an und dürfen uns nicht wundern, wenn wir bald selbst oder unsere Kinder darin verwickelt werden. Es ist keine Option, Waffen zu senden, denn dadurch gießt man nur Öl ins Feuer. Es ist unfassbar, dass wir das Sterben dadurch noch fördern. Das Leid dieser Menschen ist unerträglich und genauso unerträglich ist es, dem tatenlos zusehen zu müssen. Und noch unerträglicher ist die Verblendung der Politiker.

Wir haben keine Zeit zum Sterben!
Wir wollen Frieden!

Wir sind selbst nicht die Herren über Leben und Tod. Wir haben das kostbare Geschenk des Lebens kostenlos erhalten. Wer für den Krieg ist und Waffen liefert, wer diesen Krieg in irgendeiner Weise anfeuert und unterstützt, vielleicht sogar wirtschaftlich davon profitiert, gleicht selbst

einem Mörder und Kriegstreiber, wenn niedere Beweggründe sein Handeln bestimmen.
Die Politiker haben mit ihrem Amtseid geschworen, Schaden vom deutschen Volk fernzuhalten. Politiker sind in ihr Amt gewählt worden, damit sie die Rahmenbedingungen für ein friedliches Zusammenleben aller Menschen, nicht nur in der BRD, gewährleisten. Politiker rechter, aber auch linker Couleur sind aufgerufen, den Hass und das gegenseitige Aufhetzen zu beenden und sich endlich darauf zu besinnen, das zu tun, was das Essenzielle ihres Amtes ist: das Volk zu vertreten und nicht nur sich selbst!

Save yourself first! Rette dich zuerst!

Dass der Klimaschutz wichtig ist, dass die natürlichen Ressourcen geschont werden, dass erneuerbare Energien gefördert werden müssen, dass Lebensmittel, Betriebsstoffe und die Natur nicht geschädigt, nicht verschwendet, nicht verschmutzt werden dürfen und die Natur erhalten werden muss, auch dass das CO_2 reduziert werden muss, dass eine Kreislaufwirtschaft mit wenig Abfall entstehen soll – dies alles ist vollkommen richtig und unterstützenswert.

Aber warum sollen die Menschen diesen richtigen Weg eines nachhaltigen Kreislaufs einschlagen, wenn sie selbst nicht bereit sind, sorgsam, nachhaltig und rücksichtsvoll mit sich selbst und miteinander umzugehen? Und ein Umdenken keinen (wirtschaftlichen) Vorteil bringt?

Zuerst müssen die Menschen erfahren und erkennen, dass dieser richtigen Erkenntnis eine Umkehr im sozialen Sinne und Miteinander vorausgehen muss. Wir müssen zuerst sozialer, nachhaltiger und rücksichtsvoller mit unseren Schwachen, unseren Armen, unseren Älteren, unseren Kindern umgehen und den „Schatz der Mitmenschlichkeit" entdecken, bevor wir bereit sein werden, den nötigen Respekt vor der Natur entwickeln zu können. Natürlich gratuliere ich zu diesem Umdenken, doch wie wollen wir es schaffen, die nötige Achtung vor der Natur zu haben, wenn wir nicht einmal miteinander respektvoll umgehen können und stattdessen Milliarden für Waffen ausgeben, wobei man mit einem Bruchteil der Ausgaben weltweit die meisten Hungersnöte beseitigen könnte. Müssen wir nicht zuerst Kriege beenden und die notwendige Achtung und den nötigen Respekt voreinander haben, bevor wir die Welt da draußen verändern wollen? Es ist natürlich richtig, wenn man die Umwelt schützen und die Tiere retten will. Wenn man aber an etwas operieren oder an einem System etwas einstellen möchte, dann sollte man sich zuerst an die eigene Nase fassen, denn wir sind selbst ein Teil dieser Natur, dieser Umwelt.

Wenn wir also unsere eigenen Fehler und unsere eigene Einstellung gegenüber unseren Mitmenschen und der Natur nicht begreifen, dann sind wir hilflose Dilettanten, welche zwar sehen, dass etwas nicht stimmt, aber dennoch leider wenig dagegen unternehmen können. Die Erkenntnis, dass etwas mit unserem Verhalten gegenüber der Natur nicht stimmt, ist gut und richtig. Dass wir aber unser Denken über uns selbst und unsere Motivation hinterfragen und eventuell anpassen müssen, ist meines Erachtens eine wichtige Voraussetzung und gehört zu dieser Erkenntnis.

Um ein konkretes Fazit zur Energiewende und zum Klimaschutz zu ziehen: Das Versagen der Politik ist hier unzweifelhaft vorhersehbar, sofern für die Bürger durch die Energiewende bzw. den Klimaschutz nicht ein unmittelbarer Vorteil eintritt. Falls es die Politik nicht schafft, Energie günstiger zu machen und durch ihre Klimapolitik einen direkten wirtschaftlichen Vorteil für die einzelnen Bürger zu schaffen, wird das ganze Unterfangen scheitern, und da ist es egal, welche Partei dies in die Hand nehmen wird.

Was macht das mit uns, wenn Klimaaktivisten den Verkehr blockieren? Werden wir dadurch aufgerüttelt und zu Klimaschützern? Nein, wir denken: „Was für eine Idiotie!" Die kurzfristige Aufmerksamkeit ist da, der entstandene Schaden für sie selbst und andere auch. Aber es wird sich dadurch nichts ändern, denn es bringt keinen Vorteil. Für niemanden und schon gar nicht für das Klima.

Wir müssen überlegen, wie wir durch Klimaschutz einen sofortigen Vorteil für die „einfachen Leute" erlangen können, dann wird sich auch etwas zum Positiven verändern können.

Ein paranoider Albtraum

Die Welt sei komplizierter geworden, es sei nicht so klar erkennbar, wer es gut meint und wer schlechte Absichten hat. Es zählt nicht, was gesagt wird, sondern wie und welche Handlungen jemand unternimmt. So weit, so unklar.

Wenn jemand keine Verantwortung für seine fragwürdigen Taten übernehmen will, seine Handlungen verschleiern möchte, dann muss er die Verbindung zwischen seiner Person und dem durch seine Person entstandenen Schaden trennen. Dies kann durch plötzlich eintretende Erinnerungslücken, Sündenböcke, Bauernopfer, Desinformation, also mit Mitteln der tagtäglichen Politik, leicht über die staatlich beeinflussten Medien gesteuert werden. Wichtig für diese Täuschungsmanöver ist, dass zudem ein ablenkendes Thema, wie zum Beispiel die Migration, gefunden wird. Je aufwühlender und emotionaler das Ablenkungsthema ist, umso besser für die Verschleierungstaktik.

So denken halt die Schwurbler und Verschwörungstheoretiker, meinen Sie? Mag sein, dass diese Denkweise sehr pessimistisch und nicht gerade aufbauend ist. Aber ist dieses skeptische Denken, nach dem Durchforsten der Nachrichten, nicht dennoch begründet oder wenigstens nachvollziehbar?

Der Höhepunkt meiner eigenen paranoiden Kaskade erreichte mich letzte Nacht, in einem Albtraum: Die Gain-of-Function-Forschung hatte das Ziel, Menschen für ihre Zwecke (aus)zusortieren und eine willfährige unterwürfige

Gesellschaft heranzuziehen, die nur noch aus Angst den Eliten folgt und ebenjenen gehorcht. Die Trennung der Gesellschaft und die Verfolgung bestimmter politischer Ziele sollte dadurch erreicht werden, dass ein tödlicher Virus weltweit verbreitet wird und die ängstlichen, beeinflussbaren, willfährigen Menschen dadurch in Angst und Schrecken versetzt werden. Sie sollten Angst um ihr Leben haben. Und genau diese Menschen, die ängstlich den Anordnungen folgten, hätten die Möglichkeit, durch eine Impfung gerettet zu werden. Diese ließen sich leicht lenken und für die politischen Ziele der Eliten wären sie nützlich zu gebrauchen. Sie würden deren freiwillige und abhängige „Sklaven" werden. Zudem eröffnete sich dadurch ein gigantischer Markt, in welchem bestimmte Teilnehmer ordentliche Gewinne erzielen könnten. Damit hätte man die kritischen Stimmen, die Menschen, welche sich nicht so leicht beeinflussen ließen, die einen eigenen Kopf haben, selbstbewusst dem Verderben preisgegeben, weil sie sich nicht impfen ließen und dem Heilsversprechungen keinen Glauben schenken wollten. Sie würden sich durch ihr Querdenken selbst eliminieren. Und gleichzeitig könnte man damit gut Geld machen.

Falls diese Ausschaltung der Querdenker nicht funktioniert, dann sollten sie halt in der öffentlichen Meinung als Fanatiker, Schwurbler und Querdenker diffamiert werden. Das wäre dann immer noch einfacher, als sich ihrer, meist begründeten, Sorgen anzunehmen. Minderheiten auszugrenzen und an den Pranger zu stellen, darin hatten wir Deutschen ja schon einmal „Übung". Schön, wenn man einen Sündenbock hat?

Schweißgebadet wachte ich auf und war froh, dass dies nur ein Albtraum fern jeder realen Möglichkeit war. So etwas hätte niemals funktionieren können. Es war gedanklich viel zu weit hergeholt! Aber wie war das noch mal mit dem Gewinnemachen, wer hatte da wirklich traumhaft alles „abgesahnt"?

Wir wissen nicht,
wie viel Zeit uns bleibt

Ein Autorenkollege soll einmal die Aussage getroffen haben, dass wir uns unserer Endlichkeit gar nicht bewusst sind. Wenn wir wüssten, dass unsere Zeit kostbar und begrenzt ist, dann würden wir uns nicht wegen Kleinigkeiten zerstreiten und uns und anderen das Leben schwermachen. Wir sollten, wie er meinte, nicht so einen Zirkus machen und unser Leben mehr wertschätzen.

Das Bewusstsein, für jede Minute dankbar zu sein, gerade dann, wenn wir mit einem lieben Menschen zusammen sind, sollte in uns leben. Damit wir später nicht reumütig zurückblicken müssen, sondern dankbar sind für jede gute und ruhige Minute des Glücks.

Und wenn du glaubst, du hättest kein Glück, du gehst gerade durch die Hölle? Dann geh einfach weiter, denn selbst diese Hölle wird irgendwann ein Ende haben.

Was ist also das Geheimnis, der eigentliche Sinn des Lebens?

Der Sinn des Lebens besteht darin, das Leben mit Sinn zu füllen. Die Schwierigkeit des Lebens ist nicht, einen bestimmten Auftrag, eine bestimmte Aufgabe, auch nicht unbedingt „das Glück" zu finden, sondern zu erkennen, wie wertvoll das eigene, unser aller Leben ist.

Wir suchen nach Glück und können es in einem Kampf um Geld und Zeit nicht finden. Wir versuchen andere von unseren Idealen zu überzeugen und schaffen es nicht. Wir suchen Zufriedenheit in Sexualität, in Anerkennung und verschiedenen Beziehungen und schaffen es nicht.

Warum zerreißen wir uns, indem wir unseren Ängsten freien Raum geben, voll von Misstrauen, Neid und Habgier andere Menschen ausbooten oder gar übertrumpfen wollen, wenn wir uns doch einfach mal zusammensetzen und ehrlich aussprechen könnten. Wenn wir uns doch einfach nur mal bewusst werden könnten, dass der Moment, in dem wir uns zuhören und uns gegenseitig verstehen, dass dies der Moment des Glücks ist, der unserem Leben Sinn gibt. Wenn wir erkennen würden, dass wir alle nicht so weit auseinander sind, weil wir dasselbe Ziel haben: friedlich, ohne Angst zusammenzuleben. Weil wir alle Brüder, weil wir alle Schwestern sind! Im Hier und Jetzt.

Vielleicht habt ihr euch auch einmal gefragt, woran es liegt, dass zwei Menschen ziemlich lange zusammen sind. Was ist das Geheimnis ihrer langjährigen Beziehung? Wir sind zwar erst seit gut vierzehn Jahren zusammen, aber wir erkennen uns teilweise in einem alten Pärchen wieder. Es stimmt, dass eine Partnerschaft von beiden Seiten emotionale Flexibilität fordert. Oft liegt das Geheimnis darin, immer wieder ein offenes Ohr, besonders auch Geduld zu haben, sich immer wieder gegenseitig zu verzeihen, nicht aufzugeben, wenn es für die eine oder den anderen schwierig wird, zusammenzuhalten, über den eigenen Schatten zu springen, *ohne sich selbst zu unterwerfen* ... Aber auch immer ehrlich zueinander zu sein, auch wenn es manchmal vielleicht wehtut, sich immer seine Gefühle offen und ehrlich gegenseitig zeigen dürfen zu können. Geduld, Ehrlichkeit, Offenheit, Respekt, Zusammenhalt – gibt es das heutzutage noch? Wie sehr kann eine Gesellschaft von solch einem alten Paar lernen?

Wie viel Gewicht liegt in der Wertschätzung seines Gegenübers als Geheimnis für ein globales friedliches Zusammenleben?

Kernaussagen

- Im Leben geht es nicht darum, zu warten, bis das Unwetter vorbeizieht, sondern zu lernen, im Regen und notfalls auch im Hagel zu tanzen.

- Das Leben ist keine Handelsware, sondern alles, was wir sind und haben.

- Du bist es! Jeder ist dazu auserwählt, gut zu sein. Gut zu sich selbst und gut zu seiner Umgebung. Bleibe immer so gut, wie du es seit jeher warst.

- „Gut zu sein" bedeutet nicht, dass wir uns besser wähnen als andere oder dass wir uns gar als moralisch höherwertig ansehen. Nein, gut zu sein bedeutet aus meiner Sicht, nicht nur sich selbst wertzuschätzen, sondern andere so zu behandeln, wie wir selbst gerne behandelt werden möchten. „Gut" ist in erster Linie nicht, wer sich präsentiert und viel redet. Nein. Treffend sagt es Forrest Gump in dem gleichnamigen Film: „Gut ist, wer Gutes tut!"

- Was ist gut? Gut ist, was dem Leben und einem positiven Miteinander aller Menschen dient.

- Das Leben als Lehrmeister: Ihr benötigt kein Studium, um es richtig zu machen. Die Fehler in der derzeitigen Politik sind hierfür ein gutes Beispiel.

- Der gesunde Menschenverstand umfasst alles, was wir gemeinhin unter „vernünftig" verstehen. Vernünftig in diesem Sinne ist alles, was uns positiv nach vorne bringt und was für eine gemeinsame Lösung von Problemen notwendig wäre.

Liebesgedichte

Liebe

Liebe ist DAS, was du spürst, wenn dein
Verstand sagt, dass es doch nicht wahr sein kann,

Dein Herz dir aber bestätigt, dass DAS, was du
dir erträumt hast, Wirklichkeit geworden ist.

Dein Lächeln

Dein Lächeln ist mein Leben,
dein Lächeln erhellt mir meinen Tag,
dein Lächeln ist kraftvoll, wie sanfter Frühlingsregen,
dein Lächeln bist ganz du!

Zimtsterne, Liebe und Geduld

Mein Resümee aus verschiedenen Partnerschaften lässt sich wie folgt zusammenfassen: Ein Mann handelt oft triebgesteuert und vergisst, worum es in einer Partnerschaft eigentlich geht, nämlich um Geduld und Herzenswärme. Denn schließlich ist das Wesentliche, das bleibt, nicht der Sex, sondern die herzliche Zuneigung, mit welcher beide stark sein können und Schwierigkeiten gemeinsam meistern. Ich habe das selbst erst spät erkannt.

Neulich beim Zimtsternebacken,
na, die kleinen Zwacken,
sie war'n schon ins Bett gegangen,
musst' ich doch noch zu einem Gedicht gelangen.

Ich konnt' es einfach im Kopf nicht lassen,
Gott sei Dank, gespült war'n schon die Tassen.

Mein Kopf – mein Gott, ich bin kein Koch –,
der war gedankenvoll schon schwanger,
ich glaubte, zu dichten wär jetzt wohl der Hammer.

Der Teig – zu meiner Schande – war gekauft,
schnell ausgerollt und den Eischnee draufgetrauft.

Das hatt' ich mir so einfach gedacht,
schnell mal in die Hände fix geklatscht
und ein paar Sterne draufgepatscht.

Vielleicht – wie auch bei der Liebe –
sollt' Geduld gelegt sein in die Wiege.
Schnell war zwar das Eiweiß auf dem Pinsel,
doch es wollte gar nicht auf des Plätzchens Insel.

Geduld – was sollt' Geduld, die ich nun gar nicht fand?
Ich streich' drüber ... Alles weiß, wie meine Küchenwand.

Bevor ich jetzt gleich flippe,
ein Engel spricht: Also Peter, bitte!

War nicht auch weiß der feine Zwirn,
doch schnell langtest du dir an die Stirn,
zum Traualtar du bracht'st die edle Rose,
ging doch so schnell dies in die Hose.

Ganz schnell nach dem Altar,
da war doch die Frage klar,
wo denn nun die Liebe war?

Fiel das Gefühl erst nicht so ins Gewicht,
doch, mein Freund, die Rose sticht,
schnell vergangen war ihr Duft
und dann blieb doch nur dicke Luft.

Der Engel ins Gewissen spricht,
den Pinsel und das Eiweiß ich jetzt richt'.

Das alte Backblech, alles weiß, Zimtsterne waren drauf,
ich wasch' es wieder ab und mir geht ein Lichtlein auf.

Während ich die Sterne Stück für Stück
auf ein neues Backblech rück'.

Bevor du batest um der Rose Hand,
am Wegrand sich etwas fand ...

Ganz unscheinbar, doch in Elfenglanz
dort eine blaue Sternenblume stand.

Diese gar nicht so gecoolt als wie die derbe Rose buhlt.
Nein, sie stand dort ganz bescheiden, ganz nah bei den Weiden,
dort am Feldesrand stehend ich sie fand.

Die Rose, die ständig nach Pflege schrie,
ich leg' sie schnellstens ab, doch wann und wie?

Du weißt – jetzt brauchst du doch Geduld,
war es nicht auch deine Schuld?
Bist in der Rose schnell gefangen,
doch sie ist selbst ganz schnell gegangen,
um sich das nächste Opfer einzufangen.

Hier, die Sternenblume, pflegeleicht,
sogar zart über meinen Dickkopf streicht.

Hab ich's dir nicht schon von Anfang an gesagt:
Die Liebe ist erst dann perfekt,
wenn sie beiden noch nach Jahren schmeckt.

So, nun iss deine Sterne und
genieß der Liebe Wärme!

Ja, ja, die Liebe ist ein seltsam' Spiel,
willst du wenig, dann gewinnst du viel!

Um Liebe, Glück sowie Sinn im Leben zu empfangen, nicht zuletzt, um sich selbst im Leben zu finden, müssen die Menschen den Ausdruck ihrer Liebe, in vielfältiger Weise zeigen dürfen. …

Denn wer Leben empfangen hat, das Wunder des Lebens und der damit verbundenen Liebe erahnt, kann leben, ja, der kann Liebe ausdrücken – und somit, das, was uns ausmacht, das was unser Leben lebenswert macht, in die Zukunft weitertragen.

Das ist es, warum ich hier schreibe und was ich zu begründen versuche: „Weil ich dich, das Leben und die Welt liebe!"

                        Peter Wald

Danksagung

Dank an meine lieben Eltern, Richard und Irmgard, welche mir Sicherheit gegeben haben. Dank an meinen wertvollen sowie herzlichen Bruder Paul, der viel Geduld mit mir hat.
Dank an meine kostbare und allerliebste Partnerin Jacqueline, die immer an mich glaubt und mich auch in schweren Zeiten unterstützt. Dank an meine beiden herzlichen Stieftöchter Lisa und Fabienne, welche mich mitunter sehr inspiriert haben.

Diese sechs Personen ermöglichten dieses Buchprojekt, ohne von dessen Existenz gewusst zu haben. Allein dadurch, dass sie in meinem Leben sind – und so sind, wie sie sind – brachten sie mich auf Ideen und gaben mir den einen oder anderen Schreibimpuls.

Die Erstellung und Gestaltung des Buches erfolgte mithilfe von WriteControl, MS-Word und es wurde von BoD produziert. Ausdrücklich bedanken möchte ich mich bei Frau Schockemöhle (BoD), welche mir geduldig jede weitere Änderung im Layout in meinem Buchprojekt bis zur Veröffentlichung hin ermöglichte. Genauso sage ich Herrn Behrens (als Lektor von BoD) ein ganz herzliches Dankeschön. Ich hatte den Eindruck, dass er meine Gedanken nachvollziehen konnte und mir bei der Verdeutlichung der einen oder anderen Aussage sehr gut geholfen hat.

Meine ersten Werke waren Gedichte, welche ich nicht weiter bekannt gemacht habe. Anfang der 2000er Jahre versuchte ich eine Art Roman, eine Erzählung zu schaffen. Der eigentliche Grund, warum ich zuerst in dichterischer Form das Schreiben aufnahm, waren die Terroranschläge am 11.09.2001. Dieses Ereignis beängstigte mich. Ich musste in irgendeiner Weise meine Befürchtungen hierüber verarbeiten, ohne einen Ratgeber schreiben zu wollen. Ich wollte die Ereignisse hier weiter reflektieren und sie mit Ihnen teilen. Berühmte Politiker führen Interviews mit Journalisten. Sie lassen ein Tonband mitlaufen und daraus entstehen dann erfolgreiche Bücher. Wenn ich es auch nur so einfach und schnell gehabt hätte! Nein, ich musste mich selbst damit auseinandersetzen und die Dinge aufschreiben. Besser so! Denn hätte ich es einem Gesprächspartner erzählt, hätte ich den Diskurs mit ihm halten können. Vielleicht hätte er mir in vielen Punkten zugestimmt. Dann wäre es für mich womöglich auch okay gewesen und ein Buch wäre vielleicht gar nicht mehr entstanden.

Natürlich suche auch ich nach Anerkennung, nach Bestätigung. Das ist doch eine wesentliche Motivation für jeden Autor und Menschen. Schon Kleinkinder suchen die Bestätigung der Eltern. Anerkennung und Bestätigung, ist das nicht mindestens so viel wert wie das Finanzielle? Und ist diese Suche denn verwerflich? Nein, ist sie nicht. Denn wenn man Anerkennung, frei von Heuchelei, erhält, empfängt man doch auch eine Form, eine Art von Liebe.

Ich bin so frei und bedanke mich von Herzen für Ihre Unterstützung, dass Sie mir als Leserinnen und Leser bis hierhin treu zur Seite gestanden haben. Das macht mich froh und gibt meinem Schreiben einen Sinn.

Ihr Peter Wald

Peter Wald ist, wie er sich selbst beschreibt, ein schwachsinniger Autor mit einer Schwäche für Liebe, Frieden und Solidarität. Er hat einen naiven Hang zu Harmonie und sozialem Zusammenhalt.

Peter Wald wurde 1966 in München geboren, er hat nicht studiert, glaubt aber trotzdem viel gelernt zu haben. Er sieht sich sogar als Weltbürger und glaubt ein großes Herz zu haben. Er wundert sich, warum seine Partnerin nun schon 15 Jahre an seiner Seite ist, und kann es nicht fassen, was sich Menschen auf der Welt gegenseitig antun. Dabei denkt er insbesondere an Regierungen, welche grundlegende Menschenrechte missachten. Gerne fährt er von München aus in den Bayerischen Wald, wo er eine zweite Heimat gefunden hat. Von dort aus fährt er gerne weiter nach Prag, um auf den Spuren seines Idols und Vorbilds Václav Havel zu wandern.

Gerne ruft Dir Peter zu:

„Reite mit mir diesen Regenbogen der Gefühle oder lass uns gemeinsam seine Farben zählen. Was auch immer wir tun, alles ist besser als Krieg! Leben und Lieben ist Alles!"